YANNIC AIMÉ HARSDORF

KÜSTENLINIE

novum ◢ pro

Dieses Buch ist auch als
e-book
erhältlich.

w w w . n o v u m v e r l a g . c o m

Bibliografische Information
der Deutschen Nationalbibliothek:

Die Deutsche Nationalbibliothek
verzeichnet diese Publikation in
der Deutschen Nationalbibliografie.
Detaillierte bibliografische Daten
sind im Internet über
http://www.d-nb.de abrufbar.

© 2024 novum Verlag

ISBN 978-3-99146-691-8
Lektorat: Susanne Schilp
Umschlagfoto:
Eugenesergeev I Dreamstime.com
Umschlaggestaltung, Layout & Satz:
novum Verlag
Autorenfoto: Lena Marie Harsdorf

www.novumverlag.com

Druckprodukt mit finanziellem
Klimabeitrag
ClimatePartner.com/16547-2311-1001

Das musikalische Werk des Autors
finden Sie unter anderem auf
folgenden Plattformen:

Instagram

YouTube

SoundCloud

Spotify

1

Manchmal, wenn ich meine abendliche Runde auf den stillgelegten Bahngleisen drehe, muss ich daran denken, wie ich damals, vor rund zwei Jahren, an diesem Ort angekommen bin. Ich sehe sie noch vor mir, die von kaputten Hochhäusern umgebene alte Bahnhofshalle, ein nur noch zur Hälfte existierendes gläsernes Bauwerk, dessen Fassade bereits nahezu vollständig von Wacholdersträuchern überwuchert war. Ich weiß noch, wie ich nach meinem vergilbten, ehemals weißen Rollkoffer griff, den Stopp-Button betätigte und den überfüllten Zug verließ, in dem ich seit einer knappen Stunde gesessen hatte. Ein flüchtiger Blick nach links und rechts, dann schritt ich auf den Eingangsbereich der Bahnhofshalle zu und verschwand im Inneren des Gebäudes.

Das Bild, das sich mir dort bot, stimmte mit dem überein, was ich bereits auf dem Flughafen und im Zug von diesem Land gesehen hatte: Es war ein Anblick, wie ich ihn aus anderen von Krisen heimgesuchten Staaten kannte. Die Wände schienen dem Einsturz nahe, der Boden war aufgerissen, und überall lag Müll herum. Die dicht drängelnden Menschen zwängten sich zwischen auf dem Boden sitzenden Bettlern hindurch, rempelten sich gegenseitig an und beschimpften einander. Händler mischten sich dazwischen und versuchten, mit ihren lauten Rufen die allgemeine Unruhe zu übertönen, bewaffnete Ordnungskräfte standen an den Seiten und beobachteten aufmerksam die Szenerie, die sich vor ihnen abspielte. Ich beeilte mich, die Halle auf schnellstem Weg durch den Hinterausgang zu verlassen, trat ins Freie und hielt den ersten Bus an, der vorbeifuhr. Der Busfahrer ließ mich mitfahren, obwohl sein Fahrzeug bereits aus allen Nähten zu platzen drohte. Im Vergleich dazu war es im Zug angenehm leer gewesen. Ich warf einen Blick auf die Fahrgäste, die dicht aneinander gedrängt im Gang standen und mit hängenden Schultern ins Leere starrten, während der

Busfahrer das Gaspedal betätigte und die Fahrt in Richtung Innenstadt fortsetzte.

Die Viertel, die wir auf dem Weg dorthin passierten, änderten meinen Eindruck vom Zustand der Stadt keineswegs. Wohin ich auch blickte, überall fielen mir verfallene Bauten, aufgerissene Straßen und obdachlose Menschen ins Auge. Auch die Altstadt, die wir schließlich erreichten, fügte sich in dieses Bild ein, und ich musste schlucken, als ich mich an die Pracht zurückerinnerte, die diese Gegend früher einmal ausgestrahlt hatte. Wer zum ersten Mal hier entlangfuhr, konnte davon höchstens noch etwas erahnen, denn mittlerweile war die Altstadt ebenso heruntergekommen wie ein Großteil der anderen Bezirke dieser Stadt.

Irgendwann erreichten wir die Haltestelle, die ich auf meiner Karte rot eingekreist hatte – Zeit auszusteigen. Ich zwängte mich an den Fahrgästen vorbei und stolperte ins Freie. Direkt vor der Bushaltestelle konnte ich das Plusenergiehaus erkennen, das man mir beschrieben hatte und welches kaum hätte unpassender wirken können in dieser Gegend: moderne, weinrote Wände, helle Glasfenster mit getönten Scheiben, brandneue Solarpanele auf dem Dach und an den Wänden. Schnellen Schrittes passierte ich die Drehtür im Eingangsbereich und betrat einen riesigen Innenraum, dessen Design maßgeblich von den schwarzen und weißen Kacheln an der Decke, an der Wand und auf dem Boden geprägt war. Der Raum selbst wirkte groß und leer, was mir im Kontrast zu den engen und überfüllten Straßen und Verkehrsmitteln überall in der Stadt geradezu zynisch vorkam. An der hinteren Wandseite des ansonsten lediglich einige gläserne Vitrinen mit Prototypen verschiedener erneuerbarer Energiequellen enthaltenden Raumes befand sich ein weiß lackierter Rezeptionstresen, rechts daneben führte eine gläserne Tür aus dem Raum hinaus.

Ich ging auf den Tresen zu, hinter dem eine schlanke Frau in den Dreißigern vor einem großen Bildschirm saß. Sie hatte kurzes, weißblond gefärbtes Haar und trug eine große, gerundete Feingold-Brille. An ihrer schwarzen Halskette baumelte eine kleine Holzschnitzerei, die wohl eine Weltkarte darstellte. Als sie mich an die Rezeption treten sah, deutete sie ein Lächeln an: „Mr. Brückenstein, schön, Sie wohlbehalten an diesem Ort begrüßen zu dürfen." Ich räusperte mich, um etwas zu erwidern, doch sie bedeutete mir mit einem Fingerzeig, auf längere Begrüßungsformeln zu verzichten und mich stattdessen direkt der Glastür neben der Rezeption zuzuwenden.

„Sie können gleich weitergehen, Ihr Büro befindet ganz am Ende des Ganges, in den Sie nach dem Durchschreiten dieser Tür gelangen werden, auf der linken Seite. Gehen Sie bitte auf direktem Weg hinein und setzen Sie sich mit dem Chef in Verbindung. Seine Kontaktdaten habe ich Ihnen zugemailt. Wir sehen uns dann später auf der Konferenz."

Mit diesen Worten wandte sie sich wieder ihrem Bildschirm zu, während ich der Anweisung Folge leistete und auf die Glastür zusteuerte, die sich mit einem surrenden Geräusch öffnete und den Blick auf den von der Frau beschriebenen Gang freigab. Ich ging hindurch und fand mich in einem langen, weißen Flur wieder. Aus den Deckenlautsprechern drang leise progressive Trance-Musik, und LED-Lampen an den Wänden beleuchteten den fensterlosen Gang. Die in regelmäßigen Abständen angeordneten, sich zu beiden Seiten befindenden schmalen Glastüren waren geschlossen, bis auf eine einzige, die letzte auf der linken Seite. Vor dieser blieb ich schließlich stehen, um einen ersten Blick in mein neues Büro zu werfen.

„Hey, Sie da, da vorne."
Die Stimme, die mich aus meinen Erinnerungen reißt und zurück in die Gegenwart befördert, ist hoch und schrill. Ich fahre herum und sehe eine sich aus der abendlichen Dunkelheit lösende Gestalt auf mich zukommen. Sie ist noch etwa 50 Meter hinter mir und fuchtelt wild gestikulierend mit den Armen. Ich gehe der Gestalt entgegen und erkenne einen mittelgroßen, hageren Mann um die 60 mit kurzem grau meliertem Haar und einem Vollbart. Er ist in einen langen schwar-

zen Umhang gehüllt und hat sich einen roten Schal elegant um den Hals geworfen.

„Mr. Brückenstein", ruft der Mann, als er mich erkennt. „Was treibt Sie denn so spät noch an diesen gottverlassenen Ort?" Inzwischen stehe ich meinem Chef direkt gegenüber.

„Keine Sorge, Mr. Brava", antworte ich und versuche, einen gefestigten Eindruck zu machen. „Ich wollte nur noch ein wenig Luft schnappen, und da ich kein bestimmtes Ziel hatte, bin ich einfach ein bisschen die Gleise entlangspaziert und habe mich an den Tag zurückerinnert, an dem ich damals hier eingetroffen bin."

„Ich brauche Ihnen aber nicht zu erklären, dass das alte Bahnhofsviertel von der Öffentlichkeit nicht mehr betreten werden darf, oder?", erwidert Mr. Brava scharf.

„Das brauchen Sie sicher nicht", gebe ich zurück und versuche dabei, so beschwichtigend zu klingen wie möglich. „Ich bin die ganze Zeit auf den Gleisen geblieben. Demnächst werde ich mich dann wohl auch auf den Rückweg begeben."

„Das tun Sie am besten sofort", kommt es humorlos zurück. „Und wie ich bereits sagte: Hüten Sie sich davor, die Gleise zu verlassen."

Das ist eine unmissverständliche Aussage. Ich drehe mich um und trete, ohne noch länger mit Mr. Brava zu diskutieren, den Rückweg an. Dabei betrachte ich ein weiteres Mal das Bahnhofsviertel, das wie ausgestorben zu meiner Linken liegt und im Licht der untergehenden Sonne rötlich schimmert. Menschen sind nicht zu sehen. Nur die grünen Bagger, die hier unter der Woche von morgens bis abends den Beton aufreißen, am heutigen Sonntag jedoch außer Betrieb sind, stehen ungleichmäßig verteilt zwischen Bergen aus Schutt und Resten ehemaliger Gebäude. In der Ferne sind die Türme der Innenstadt zu sehen, die davon zeugen, dass die Gegend tatsächlich noch nicht ausgestorben ist. Im Gegensatz dazu ist der Blick auf die von den Gleisen aus rechte Seite. Hier erstreckt sich eine kilometerweite Wüstenlandschaft, von der untergehenden Sonne in einer zynischen Romantik angestrahlt. Die Sträucher, die dort im

Zuge der Desertifikationspräventionsmaßnahmen bereits angepflanzt wurden, sind immer noch nicht richtig angewachsen und wirken inmitten der Sandmassen eher lächerlich.

Als ich mich außer Sicht- und Hörweite meines Chefs befinde, greife ich in die Jackentasche und hole mein Handy hervor. „Anruf in Abwesenheit", lese ich auf dem Display und betätige sogleich die Rückruftaste.

„Savio!" Die Stimme von Laelia dringt an mein Ohr, und ich erhöhe die Gesprächslautstärke. „Gut, dass du zurückrufst. Wie geht es dir? Hast du gute Nachrichten?"

„Auch dir einen schönen Abend", antworte ich und möchte dabei möglichst locker herüberkommen, was mir aber wie gewohnt nicht gelingt.

„Wenn du schon so anfängst, dann kann das gar nichts Gutes verheißen", kommt es vom anderen Ende der Leitung zurück. „Mein Freund, wie lange willst du denn nun noch in diesem Land bleiben? Glaubst du wirklich immer noch daran, dass ihr dort etwas erreichen werdet?"

„Es sieht jetzt wirklich gut aus", ist das Beste, was mir auf die Schnelle einfällt. „Ich bin überzeugt davon, dass wir die Herren Igre und Brava spätestens in zwei Monaten zur Strecke gebracht haben werden. Also, bitte, nur noch ein wenig Geduld."

Ich kann förmlich sehen, wie Laelia eine wegwerfende Handbewegung macht.

„Ich weiß ehrlich nicht, wie lange ich das hier noch alles alleine durchhalte. So sehr ich mich auch gefreut habe über die Beförderung, aber der Job verlangt mir mittlerweile wirklich alles ab. Und Numana ist im Moment auch nicht gerade einfach."

„Das weiß ich doch", sage ich schuldbewusst. „Wie geht es ihr denn, was macht die Schule?"

„Es geht", erwidert Laelia. „Sie wird dich morgen Abend um 20 Uhr deiner Zeit anrufen, und ich möchte, dass du mindestens eine Stunde mit deiner Tochter telefonierst. Ist das verstanden worden?"

Ich schlucke. „Ist es", bringe ich stotternd hervor.

„Gut", kommt es als Antwort zurück. „Gut."

„Laelia, ich ..."

„Du musst dich nicht rechtfertigen, wirklich nicht. Ich stehe, wir beide stehen wirklich voll hinter dir. Ich weiß doch, was dir dieses Projekt bedeutet, und ich weiß auch, was es für die Öffentlichkeit bedeuten würde, wenn du und deine Leute, wenn ihr tatsächlich Erfolg haben würdet. Doch ich muss dich nicht mehr daran erinnern, dass du diese Mission eigentlich in zwölf Monaten abgeschlossen haben und den Ort anschließend wieder verlassen wolltest. Nun bist du seit mittlerweile zwei Jahren wegen dieser geheimen Sache dort unterwegs, und wenn ich ehrlich bin, dann glaube ich nicht mehr wirklich daran, dass ihr in diesem Land noch etwas erreichen werdet. Was ich hingegen sehr wohl weiß, ist, dass du dich dort Tag für Tag in Lebensgefahr begibst. Für nichts, wie es mittlerweile scheint. Und was ich natürlich ebenfalls weiß, ist, wie sehr du hier, bei uns zu Hause, gebraucht wirst."

Ich möchte etwas erwidern, bekomme aber keinen Ton heraus. So verharren wir kurzzeitig in Stille, ehe Laelia noch einmal das Wort ergreift:

„Ich gehe jetzt schlafen, muss morgen schon ein wenig früher in der Klinik sein. Also, wir hören uns. Pass auf dich auf, bitte."

„Pass auch du auf dich auf. Und auf Numana. Sag ihr, dass ich für sie da bin."

Deprimiert lege ich auf. Ich schaue auf die Uhr: schon kurz nach neun. Ich sollte meinen Schritt beschleunigen und mich auf den direkten Heimweg begeben. Auch ich habe morgen einen langen und anstrengenden Tag vor mir.

2

Der nächste Tag beginnt für mich in etwa so, wie der letzte aufgehört hat: mit einem Gefühl der inneren Zerrissenheit, der Rast- und Ratlosigkeit. Ich habe gestern Abend noch lange wachgelegen und über das Telefonat mit Laelia nachdenken müssen. „Wenn ich ehrlich bin, dann glaube ich nicht mehr wirklich daran, dass ihr in diesem Land noch etwas erreichen werdet." Das hat sie gesagt. Hat sie es wirklich so gemeint? Sicher, sie ist bereits seit einiger Zeit nicht mehr gut auf meinen Einsatz zu sprechen. Geduld und Verständnis für mein Fernbleiben von daheim nehmen von Woche zu Woche ab, angesichts der enormen Doppelbelastung, der sie mit einer Führungsposition im Job und der Alleinerziehung eines pubertierenden Kindes ausgesetzt ist, natürlich mehr als nachvollziehbar. Doch diesmal klang noch etwas mit, das ich mir gegenüber in ihrer Stimme bislang noch nicht bemerkt habe: Mitleid. Mitleid, mit mir, meiner Erfolglosigkeit und der scheinbaren Aussichtslosigkeit meines Handelns. Muss ich mir womöglich tatsächlich eingestehen, dass ich hier gescheitert bin? Sollte ich mich ins nächste Flugzeug setzen, um das Projekt und das Land hinter mir zu lassen? Was wird Numana wohl bei unserem nächsten Telefonat erzählen, wird sie überhaupt mit mir sprechen wollen? Ist es für sie noch von Belang, ihren Vater an ihrem Leben teilhaben zu lassen?

Von diesen Fragen überwältigt, kam ich gestern erst spät am Abend zur Ruhe, um Stunden später mit denselben Gedanken wieder aufzuwachen. Auch jetzt, auf dem Weg zur Arbeit, kann ich mich von den Gefühlen noch nicht wirklich losreißen. Auf halber Strecke fällt mir auf, dass ich den Schlüssel für unseren Transporter in meiner Wohnung liegen gelassen habe. Fluchend mache ich kehrt und jogge zurück zum Appartement, wo ich mir den Schlüssel greife und mit einem kurzen Blick auf meine Armbanduhr feststelle, dass ich mich bereits in 15 Minuten am Treffpunkt einzufinden habe. Mir bleibt nichts anderes übrig, als den erneuten Weg zur Arbeit im Sprint zurückzulegen. Schweißüberströmt treffe ich schließlich um 6.59 Uhr, eine Minute vor der abgemachten Zeit, am Treffpunkt ein, dem Parkplatz hinter unserem Firmensitz im größten und modernsten Plusenergiehaus der Innenstadt. Alle anderen sind natürlich schon da, und Frederik, Leiter unserer Einsatzgruppe und gleichzeitig mein bester Freund, kann ein schelmisches Grinsen nicht unterdrücken, als er mich begrüßt.

„Sorry, war wieder etwas stressig heute Morgen", presse ich gehetzt hervor, während ich den Transporter aufschließe und auf dem Fahrersitz Platz nehme. Frederik steigt neben mir ein, die anderen sechs machen es sich auf den Hinterbänken bequem. Ich starte den Motor, drücke aufs Gas und werde sogleich von Frederik in die erste längere Unterhaltung der neuen Woche verwickelt. Wie üblich übernehme ich dabei die Rolle des Zuhörers, während er beginnt, ein Thema nach dem anderen mit mir durchzugehen. Zunächst geht es um das Fußballspiel, das er sich am vergangenen Abend im Fernsehen angeschaut hat, später um die aktuellen Mietpreise und die wirtschaftliche Situation in Südostasien. Irgendwann sind wir dann schließlich bei seiner großen Leidenschaft angelangt: Wasserstoffautos. Nicht zum ersten Mal verweist er auf die Vorzüge des neuen Wasserstofftransporters unseres Arbeitgebers, dessen Anschaffung „schon seit langem überfällig" gewesen sei.

„Die alte Elektrokiste, mit der wir hier bis vorletzte Woche noch rumgefahren sind, konnte man doch wirklich niemandem mehr zumuten", ist seine unumstößliche Meinung dazu.

Ich brumme etwas Zustimmendes, während ich das von ihm gepriesene Objekt durch den morgendlichen Stadtverkehr lenke und dabei gleichzeitig das Geschehen auf den Straßen beobachte. Die Autos, die uns entgegenkommen, sehen aus, als würden sie jeden Moment in sich zusammenfallen, was genau den Eindruck widerspiegelt, den auch ihre Insassen erwecken. Sie sitzen gebückt und emotionslos über dem Steuer oder schauen mit leerem Blick aus dem Fenster, auf kaputte Straßen, notdürftig renovierte Ziegelsteinbauten und heimatlose, herumlungernde Menschen.

Die Projektgruppenmitglieder, die sich bei uns auf den hinteren Plätzen eingefunden haben, sind im Gegensatz zu Frederik noch ziemlich wortkarg am frühen Montagmorgen. Sie lauschen kommentarlos unserem Gespräch, bedienen ihr Smartphone oder machen noch einmal die Augen zu.

Nach einer etwa halbstündigen Fahrt erreichen wir schließlich unser Ziel, das weiße Parkhaus am Anfang des Bahnhofsviertels. Dreizehngeschossig und mit einer Grundfläche von etwa einem Hektar ragt es wie ein Koloss aus dem ansonsten bereits zur Hälfte dem Erdboden gleichgemachten Viertel heraus. Wie gewöhnlich ist im Inneren des Parkhauses nur wenig Betrieb, da außer unseren Leuten und den Mitarbeitenden des Abrissunternehmens niemand mehr die Erlaubnis besitzt, sich im Bahnhofsviertel aufzuhalten. Ich parke den Transporter im ersten Stock des Parkhauses und peile anschließend den südlichen Ausgang an, von wo aus man auf eine schmale Brücke gelangt, auf der sich die Gleise überqueren lassen, um in die gegenüberliegende Wüste zu gelangen. Die Temperaturen haben bereits jetzt die 30 Grad Celsius überschritten, und ich höre das Stöhnen einiger meiner Begleiter, als sie feststellen, dass sich für heute ein nahezu windstiller Tag ankündigt.

„Dann wollen wir mal", sagt Frederik, als wir die Brücke passiert und unsere Arbeitsfläche erreicht haben.

Wieder einmal sind wir stundenlang in der prallen Sonne aktiv, arbeiten hart und machen nur wenige Pausen. Gesprochen wird kaum ein Wort, schließlich benötigen wir die Kraft an anderer Stelle. Ich blicke auf den feinen Sand hinunter, der mir beim Arbeiten zwischen den Fingern zerrinnt, und muss an meine Zeit in Ägypten zurückdenken. Mrs. Osman, die Haushälterin, tritt in meine Erinnerung, eine kleine, etwas untersetzte Frau um die 60 mit olivfarbener Haut und langem, kräftigem, mittlerweile etwas ergrautem Haar. Am Tag meines Abschieds vor knapp zehn Jahren trug sie wie immer ihre lange, weiße Schürze, auf der eine große Weltkarte abgebildet war. Als ich ihr die Hand reichte, um auf Wiedersehen zu sagen, zwinkerte sie mir freundlich zu.

„Es war mir immer wieder ein Vergnügen, mit Ihnen über die großen Fragen des Weltgeschehens zu diskutieren, Mr. Brückenstein. Das wird mir fehlen."

„Dieses Kompliment kann ich nur zurückgeben, Mrs. Osman", antwortete ich. „Ich werde Sie und Ihre Ratschläge stets im Gedächtnis behalten."

„Wissen Sie, Mr. Brückenstein, Sie erinnern mich an jemanden", erwiderte sie. „Sie erinnern mich an meine Tochter. Ihre Weltanschauungen, Ihre Argumentationsweise, das Poltern und Sichüberschlagen Ihrer Stimme, wenn man erst einmal einen Nerv bei Ihnen getroffen hat. Meine Tochter redete, diskutierte und gestikulierte ganz genauso, hatte man sie auf das richtige Thema angesprochen."

„Sie haben mir nie erzählt, dass Sie eine Tochter haben", stellte ich verwundert fest.

Als ich bemerkte, wie Mrs. Osmans Pupillen sich bei diesen Worten weiteten, wurde mir klar, dass sie dafür ihre Gründe gehabt haben musste. Nun schien sie umso entsetzter darüber, dass sie zum Ende hin nun doch noch etwas aus ihrem Privatleben preisgegeben hatte. Während der gesamten vier Jahre, die ich mit meiner Familie in Ägypten lebte, war Mrs. Osman unsere Haushälterin gewesen, vier Jahre, in denen ich mich oft und lange mit ihr unterhalten hatte. Sie verfügte über ein erstaunliches Allgemeinwissen und konnte zu eigentlich jedem Thema fundierte Äußerungen treffen. Ab und an fragte sie mich auch persönliche Dinge, nichts Peinliches oder streng Geheimes, sie wollte einfach wissen, wie es mir und meiner Familie in ihrem Land erging, wie wir miteinander klarkamen, was unsere Pläne waren. Ich erzählte ihr, wie es um unser Wohlergehen stand und erkundigte mich anfangs auch stets nach ihrem Leben außerhalb der Arbeitszeiten. Schnell wurde mir allerdings bewusst, dass ich mir letzteren Teil sparen konnte. Denn sobald sich das Gespräch auf ihre Person richtete, auf ihre familiären Verhältnisse und Hintergründe, wechselte sie rasch das Thema oder beendete die Unterhaltung auf dem schnellstmöglichen Weg, meist unter Zuhilfenahme eines naheliegenden Vorwands wie etwa dem Ruf der Arbeit. Auch an diesem Tag war nichts weiter aus Mrs. Osman herauszubekommen als das bereits Gesagte, und ich beließ es auch dabei. Die getätigten Aussagen schienen ihr Gemüt ohnehin schon sehr belastet zu haben, denn als Laelia mit Numana auf dem Arm die Treppe hinunterkam und sich liebevoll von ihr verabschiedete, blieb die Haushälterin emotionslos und stumm, hob nur kurz zum Abschied die Hand.

Nach diesem Vorkommnis bin ich ihr bis heute nicht mehr begegnet, doch in Momenten wie dem jetzigen, in denen ich meinen Gedanken freien Lauf lassen kann und mich durch irgendetwas, in diesem Fall den feinen Wüstensand, an mein Dasein in Ägypten erinnert fühle, muss ich manchmal an sie denken. An sie und ihre Tochter, von der sie mir nie etwas erzählen wollte.

Ich spüre einen stetigen Schmerz im Rücken, was meine Gedanken auf unliebsame Art und Weise wieder zurück auf die gegenwärtige Tätigkeit lenkt. Ich schaue mich um und stelle fest, dass mittlerweile auch die anderen sehr geschafft aussehen und sich kaum noch auf den Beinen halten können. Wie ich mit einem Blick auf mein Handgelenk bemerke, habe ich meine Uhr im Transporter liegenlassen. Ich gehe zu Frederik hinüber, der etwa 30 Meter von mir entfernt am Arbeiten ist, und frage ihn, wie lange es noch bis zur Mittagspause dauern wird.

„16 Minuten und 34 Sekunden", gibt Frederik grinsend zurück, nachdem er auf seine Armbanduhr geschaut hat. Es ist immer wieder erstaunlich, wie der Kerl es schafft, sich seine gute Laune zu bewahren, und sei die Arbeit auch noch so hart.

„Danke, Frederik", sage ich und will mich wieder meiner Tätigkeit zuwenden, als mein Freund mich zurückhält.

„Warte, Savio. Ich würde dich gern noch einmal sprechen, gleich, in der Mittagspause. Kannst du um 13 Uhr auf den Balkonen sein?"

3

Wie jeden Tag legen wir um 12 Uhr die Geräte nieder, um uns für etwa drei Stunden von der Arbeit zurückzuziehen. Zu dieser Tageszeit ist es schlichtweg unmöglich, sich in der Wüste aufzuhalten, weshalb unsere Schicht geteilt ist. Wir arbeiten von 7.45 bis 12 und dann noch einmal von 15 bis 18.15 Uhr, siebenhalb Stunden am Tag, fünf Tage die Woche. Am Samstag sind wir von 8.30 bis 12 Uhr aktiv und kommen damit insgesamt auf eine 41-Stunden-Woche. Eine Sondererlaubnis ermöglicht es unseren Leuten, während der Mittagspause das Bahnhofsviertel aufzusuchen, wo im Untergeschoss des großen Parkhauses für uns und die Mitarbeiter der Abrissfirma provisorisch eine Kantine und ein paar Erholungsräume eingerichtet sind. Ich gehe in einen der Erholungsräume, in dem bereits einige Abrissarbeiter erschöpft vor sich hindösen, und nehme mir eine Wasserflasche aus der großen Kühltruhe in der Mitte des Raumes. Damit setze ich mich auf einen freien Platz und denke darüber nach, was an diesem Tag noch ansteht.

Frederik will mich unter vier Augen sprechen, was an sich nichts Außergewöhnliches ist. Allerdings habe ich ihm vor knapp zwei Wochen meine neuesten Recherchen zukommen lassen und warte seither höchst gespannt auf eine Information seinerseits, ob sie uns weitergebracht haben könnten. Sollte dem nicht so sein, würde das einen weiteren großen Dämpfer für uns und für mich bedeuten. Später, heute Abend um 20 Uhr, steht dann noch ein völlig anderes Gespräch an, das Telefonat mit Numana. Das erste seit drei Wochen, wie mir bewusst wird. Noch nie habe ich für solch einen lange Zeitraum nicht mit meiner Tochter gesprochen, und ich spüre, wie mich das schlechte Gewissen plagt und dass ich mich sogar ein wenig vor dem Gespräch fürchte. Ich versuche, zur Ruhe zu kommen und lehne mich zurück. Leider stelle ich fest, dass ich nicht auf einem Sessel, sondern auf einem alten, hölzernen Hocker Platz genommen habe, wodurch mein Rücken gegen die kalte, weiße Wand hinter mir gedrückt wird. Ich stehe wieder auf und laufe unruhig im Raum hin und her. Überpünktlich mache ich mich schließlich auf den Weg zum mit Frederik vereinbarten Treffpunkt.

Die Balkone, auf denen Frederik trotz meines ausnahmsweise großzügig ausgelegten Zeitmanagements bereits auf mich wartet, befinden sich in der Mitte des Bahnhofsviertels, etwa 500 Meter nördlich des Parkhauses und direkt gegenüber der mittlerweile nicht mehr existierenden Bahnhofshalle. Sie bezeichnen eine kleine Anhöhe, auf der sich früher einmal eine große Aussichtsplattform mit Cafés und Souvenirshops befunden hat. Die schmale Treppe, die einstmals vom Busbahnhof, von dem aus ich damals den Bus in Richtung Innenstadt genommen habe, zu den Balkonen hinaufführte, ist nicht mehr existent, sodass man den mittlerweile mit Disteln zugewucherten Hügel erwandern muss. Frederik grinst mich an, als ich mir bei meiner Ankunft den Schweiß von der Stirn streiche.

„Savio, schön, dich an diesem exklusiven Ort begrüßen zu dürfen", feixt er, als ich mich neben ihm gegen das Baugerüst lehne, das sich inzwischen auf der Plattform befindet und unter dem es während der Mittagshitze angenehm kühl und schattig ist. Außer uns ist eigentlich nie jemand hier oben unterwegs, was die Balkone zu einem idealen Ort für vertrauliche Gespräche macht.

„Aber immer doch, mein Freund", erwidere ich. „Und das sogar mehr als pünktlich."

„Stimmt, da hast du tatsächlich Recht", erwidert Frederik, während er sich mit der linken Hand über die dunkelblonde Igelfrisur fährt, die die gleiche Farbe hat wie sein locker geschnittenes T-Shirt, wie ich feststelle. „Sie aus, als hättest du es geahnt."

„Als hätte ich was geahnt?"

Frederik zieht einen grünen Briefumschlag aus der Tasche, den er mir vors Gesicht hält.

„Als hättest du geahnt, dass ich dich am heutigen Montagmittag darüber in Kenntnis setzen darf, dass mir, dass uns ein wahrhafter Durchbruch gelungen ist …"

„Wie darf ich das verstehen?", frage ich, während ich nach dem Briefumschlag greife, den Frederik noch immer in der Hand hält. Er ist klein und grün, und die Kleberänder haben bereits begonnen, sich voneinander zu lösen. Ich streiche zweimal über den Umschlag, dann schaue ich wieder zurück zu Frederik.

„Also", sagt dieser mit unüberhörbarem Triumph in der Stimme, „ich habe wie besprochen die Recherchen auswerten lassen, die mir von deiner Seite aus übermittelt wurden, alles nach und nach, angefangen mit dem Lebenslauf, den du basierend auf deinen Gesprächen mit Liana und Magalhães von Mr. Brava angefertigt hast."

Liana heißt mit vollem Namen Liana Tomerak und ist als Assistentin von Mr. Brava stellvertretende Geschäftsführerin unseres offiziellen Arbeitgebers. Obwohl sie meistens eher kurz angebunden ist, habe ich ihr mit der Zeit einige interessante Details über ihren Boss entlocken können. Zusammen mit den Aussagen von Magalhães Dias, unserem Informanten bei der im Bahnhofsviertel agierenden Abrissfirma, hat das die Grundlage gelegt für eine kurze, präzise Chronik des beruflichen Werdegangs Mr. Bravas, die ich verfasst und vor zwei Wochen Frederik überreicht habe. Der wiederum hat die Informationen wie besprochen an Mrs. Levada, Vorsitzende unserer Organisation, zur Analyse weitergegeben.

„Mrs. Levadas Leute haben nun anhand all der Daten tatsächlich nachweisen können, dass Mr. Brava an den drei Konferenzen teilgenommen und in den beiden Flugzeugen gesessen hat", erzählt Frederik weiter.

„Was ist mit den Aufnahmen und den Videos, hast du sie an Zander gesendet?"

Zander, der eigentlich Alexander heißt, ist innerhalb der Organisation unser erster Ansprechpartner für jegliche Belange der Informationstechnologie. Seine Abteilung ist für das Installieren abhörsicherer Leitungen und für die Blockade aller digitaler Angriffe verantwortlich. Mithilfe der Aufnahmen und Videos, auf die ich Frederik soeben angesprochen habe, konnte ich auf ziemlich beschwerlichem Weg und unter großem Risiko einige Mitschnitte von verschiedenen Gesprächen und Monologen machen, die Mr. Brava in letzter Zeit geführt hat.

„Klar habe ich sie an Zander weitergeleitet", gibt Frederik Auskunft. „Und wieder einmal hat sich gezeigt, dass auf ihn und sein Team Verlass ist. Sie haben alles entschlüsseln und zusammenfügen können, sodass Mr. Bravas Schuld nun praktisch bewiesen ist. Mithilfe einiger der Aufnahmen ließ sich zudem bestätigen, dass, wie von mir bereits angenommen, wahrscheinlich auch Liana mit am Geschäft beteiligt ist, und zwar nicht nur als Mitwisserin, sondern vielmehr als Drahtzieherin. Gute Arbeit, mein Freund. Die Kameras, die du im Parkhaus installiert hast, haben den finalen Ausschlag gegeben. Mr. Brava und Liana sollte nun das Handwerk gelegt werden können."

Ich muss meine Gedanken erst einmal sortieren, was Zeit braucht. Dann kann ich Frederik noch eine weitere Frage stellen.

„Du hast jetzt von Mr. Brava und von Liana gesprochen. Was ist mit Mr. Igre? Hat sich auch gegen ihn belastbares Material finden lassen?"

Mr. Igre ist Chef der Abrissfirma, auch seine Beteiligung an den illegalen Machenschaften sehen wir inzwischen als erwiesen an. Trotz vieler Mühen haben wir ihm allerdings bislang noch nichts nachweisen können. Frederik kneift die Augen zusammen, während er auf den stillgelegten Busbahnhof hinunterblickt:

„Das ist der Punkt, der meiner vollkommenen Zufriedenheit momentan noch im Wege steht. Mr. Igre ist einfach unglaublich gerissen, auch nach Auswertung deiner Recherchen hat sich noch nichts Stichhaltiges gegen ihn finden lassen. Wir haben nun aber einen Plan ausgearbeitet, einen wirklich guten Plan. Wenn der gelingt, dann können und werden wir auch Mr. Igre seiner Verbrechen überführen."

„Kannst du mir sagen, wie dieser Plan aussieht?", frage ich neugierig.

„Das kann ich in der Tat", erwidert Frederik. „Erinnerst du dich an den grünen Briefumschlag, den ich dir soeben überreicht habe? In dessen Innerem findest du den Plan. Wenn du willst, kannst du den Umschlag jetzt schon öffnen und über die Rolle nachdenken, die dir zugedacht ist. Ich werde schon einmal zum Parkhaus zurückgehen, muss noch etwas vorbereiten für die Nachmittagsschicht."

4

Frederik ist bereits seit einer halben Stunde gegangen, als ich mich schließlich ebenfalls aufraffe, die Balkone zu verlassen. Ich stecke den Briefumschlag in meine dunkelblaue Bauchtasche und wandere den Hügel wieder hinunter, um anschließend in Richtung Parkhaus weiterzugehen. Das Gespräch mit Frederik geht mir indes nicht aus dem Kopf. Mit einer Euphorie, die ich bei ihm noch nie zuvor habe beobachten können, hat er verkündet, dass nun die Zeit gekommen sei, um zuzuschlagen. Evandro Brava und Bénito Igre, zwei der großen Ganoven unserer Zeit, könnten inklusive ihrer Hauptgeschäfte gestoppt und zur Verantwortung gezogen werden, sollte der Plan aufgehen. Für mich würde das bedeuten, mit dem größten für möglich gehaltenen Erfolg das Projekt verlassen und zu meiner Familie zurückkehren zu können. Eine Gänsehaut überkommt mich, als ich daran denke, wie dicht wir nun offenbar vor der Verwirklichung dieser Szenarien stehen.

Ich frage mich, ob auch Liana tatsächlich so tief in die Angelegenheit verstrickt ist, wie von Frederik behauptet. Im Gegensatz zu ihm, der von Beginn an nicht gut mit ihr klargekommen ist, habe ich Liana eigentlich immer sehr geschätzt und irgendwie auch bewundert. Sie war stets etwas einsilbig und geheimnisvoll, doch mit ihrer nachdenklichen, ein wenig abwartenden Art kam sie mir schon damals, als ich sie vor rund zwei Jahren an der Rezeption unseres Firmensitzes zum ersten Mal sah, sehr ehrlich und anständig vor. Einen Menschen, der auf Kosten anderer rücksichtslose Verbrechen begeht, hätte ich in ihr nicht vermutet. Offenbar habe ich mich getäuscht.

Frederik ist von Anfang an von Lianas Mitwissen überzeugt gewesen und sieht sich angesichts der neuesten Entwicklungen natürlich mehr als bestätigt. Sei es ihm gegönnt. Die Euphorie über seinen Erfolg hat ihn beflügelt, auch sein Optimismus in Bezug auf den Plan, der die kriminellen Machenschaften ans

Licht bringen soll, lässt sich mit dieser Euphorie erklären. Denn obgleich mich der Plan durchaus beeindruckt, wie ich nach der intensiven Studie des Umschlaginhalts zugeben muss, denke ich, dass seine Umsetzung alles andere als einfach werden wird. Im Gegenteil – wir werden ein weiteres Mal viel riskieren müssen, wollen wir sie alle, auch Mr. Igre, zu Fall bringen. Dass der ein großer Fisch ist, sollte auch Frederik bewusst sein.

Frederik. Ich muss daran denken, wie ich ihn damals kennengelernt habe. Es herrschte eine angenehme Kühle, als ich in den Morgenstunden eines Apriltages vor gut zehn Jahren auf dem Flughafen in Dili, Osttimor, eintraf. Ich blickte auf eine gebirgige Landschaft und sah am sich zunehmend verdunkelnden Himmel, dass ein Gewitter aufzog. Auf direktem Wege ließ ich mich daher zum mir zugeteilten Wagen geleiten, nahm auf dem Rücksitz Platz und blickte in ein schwarzes, freundlich lächelndes Gesicht, das mich im Rückspiegel beobachtete. Es gehörte zu André, dem Chauffeur, der sich im Laufe meiner Zeit in Osttimor zu einem engen Vertrauten entwickeln sollte. In einem unserer ersten längeren Gespräche erzählte mir André, dass er eigentlich aus Mosambik stammte, jedoch bereits in über zehn verschiedenen Ländern gelebt und gearbeitet hatte – und das mit Mitte 30. Er sprach sechs Sprachen fließend und war für seine außerordentlich gewählte und höfliche Ausdrucksweise bekannt. An diesem Morgen sprachen André und ich allerdings noch nicht viel miteinander, vielmehr holte ich, nachdem die Seitentür neben mir geschlossen und der Wagen gestartet worden war, meinen Arbeitsplan hervor und studierte die Liste der Mitarbeiterinnen und Mitarbeiter, denen ich mich nach Möglichkeit bereits in meiner Einstiegswoche vorzustellen hatte. An oberster Stelle stand ein gewisser Frederik Blattner, ein Mann, der meine neue Arbeitsstätte seit einigen Monaten leitete und mein direkter Vorgesetzter werden sollte. Als André den Wagen schließlich am Zielort parkte und mich aussteigen ließ, kam mir der Vorgesetzte gleich höchstpersönlich entgegen, um mich in Empfang zu nehmen, und ich war erstaunt über den Anblick, der sich mir bot. Frederik war kaum älter als ich, und mit seiner schlecht geschnittenen Igelfrisur, dem schiefen, etwas albern wirkenden Grinsen und der zu groß geratenen blaugelben Trainingsjacke, deren Reißverschluss zur Hälfte offenstand, mutete er nicht unbedingt an wie jemand, der eine hohe offizielle und verantwortungsvolle Position wie diese bekleidete.

Mir war Frederik von Anfang an sympathisch, er führte sich nie wie der Chef auf und wurde vielmehr bereits während der Osttimor-Zeit zu einem guten Freund, mit dem ich auch über andere Dinge sprechen konnte als über die Arbeit und der jederzeit für ein Glas Tuaka, ein traditioneller osttimoresischer Palmwein, zu haben war. Als Frederik den Inselstaat schließlich ein Jahr vor mir verließ, blieb der Kontakt zwischen uns bestehen. Noch einmal zusammenzuarbeiten, wie wir es jetzt tatsächlich tun, und dabei etwas wirklich Großes zu leisten, war stets unser gemeinsamer Traum.

5

Die zweite Schicht des Arbeitstages verläuft ohne außergewöhnliche Vorkommnisse. Frederik ist ausgesprochen guter Laune und pfeift trotz der harten Arbeit sowie der nach wie vor bestehenden Hitze pausenlos vor sich hin, was ihm genervte, bisweilen sogar hasserfüllte Blicke unserer Kollegschaft einbringt, die sich von seinem Wohlbefinden eher belästigt fühlt als motiviert. Doch Frederik hat sich noch nie daran gestört, dass andere ihn gelegentlich als sonderbar empfinden und hinter seinem Rücken über ihn reden. Diese Mentalität, die Fähigkeit, über alledem zu stehen, hat ihn in die Führungspositionen gebracht, die er heute bekleidet. Und mit wiederum diesen Führungspositionen im Rücken kann ihm das Gerede der anderen mittlerweile sowieso herzlich egal sein. Oft beneide ich Frederik für seine Gelassenheit im Umgang mit Situationen wie diesen, und immer wieder stelle ich fest, wie viel ich noch von ihm lernen kann.

So auch auf dem Weg vom Arbeitsplatz zurück zum Plusenergiehaus. Als ich den Transporter gerade durch eine breite, aber wenig befahrene Nebenstraße lenke, sehe ich im Rückspiegel, wie uns die Insassen des Polizeiwagens, der seit meiner etwas gewagten Überholaktion auf der Stadtautobahn hinter uns fährt, durch Betätigung der Lichthupe signalisieren, dass sie gern eine Verkehrskontrolle am Fahrbahnrand durchführen würden. Ich fahre sofort rechts ran, lasse mit schlotternden Knien die Fensterscheibe hinunter und blicke schuldbewusst zu den breitschultrigen Beamten hinüber, die sich auf unseren Transporter zubewegen. Bevor es allerdings zum Dialog kommt, beugt sich Frederik vom Beifahrersitz aus zum Fenster vor und streckt den Polizisten seinen alten Dienstausweis entgegen. Unsere Widersacher machen kehrt, ehe sie mit einem genaueren Blick auf den Ausweis feststellen können, dass dieser bereits seit über zwei Jahren abgelaufen ist. Ohne noch weiter über den Vorfall zu sprechen, setzen wir unsere Fahrt fort.

Später, als ich nach Feierabend in der Küche stehe und das Abendessen zubereite, klingelt das Handy in meiner Hosentasche. Ich schaue auf die Uhr: 19.59 und 46 Sekunden. Die Pünktlichkeit, das stelle ich wieder einmal fest, muss sie von ihrer Mutter haben. Ich tippe auf den grünen Hörer und halte mir das Gerät ans Ohr.

„Numana!", rufe ich aus, „was für eine Freude, deine Stimme zu hören."

„Du hast sie doch noch gar nicht gehört", kommt es in gespielt vorwurfsvollem Tonfall vom anderen Ende der Leitung zurück. Ich grinse in mich hinein.

„Jetzt habe ich sie aber gehört", erwidere ich. „Also Numana, was gibt es zu berichten: Wie geht es dir? Was macht die Schule, was der Sport? Hast du dich mit Cassandra wieder vertragen? Ist Mama nett zu dir?"

Numana fängt an zu lachen bei diesen vielen Fragen, verspricht mir aber sogleich, sie alle zu beantworten. Ich atme vor Erleichterung tief durch. Die vergangenen Telefonate mit meiner Tochter sind nicht immer gut verlaufen. Sie befindet sich in einer schwierigen Phase, beschäftigt sich momentan mehr mit ihrem Aussehen als mit der Schule, streitet sich mit Freundinnen und wirft Laelia immer wieder vor, zu wenig Zeit für sie zu haben. Bei unserem letzten Gespräch versuchte ich ihr zu erklären, wie schwierig die ganze Situation für ihre Mutter ist, die eigentlich nichts lieber tut, als Zeit mit ihrer Tochter zu verbringen. Das brachte Numana aber nur noch mehr auf, sie warf mir vor, die Familie im Stich zu lassen und drohte, den Kontakt abzubrechen, sollte ich nicht bald zurückkommen.

Im Anschluss an dieses Gespräch konnte ich eine Woche lang nicht schlafen und musste mich zum ersten Mal seit Beginn meiner Projekttätigkeit für einen Tag krankmelden. Unserem heutigen Telefonat habe ich daher mit großer Anspannung entgegengeblickt und mir all meine Worte bereits im Vorfeld sorgfältig zurechtgelegt. Schnell merke ich jedoch, dass ich dieses Mal gar nicht viele Worte brauchen werde, denn zu meiner großen Erleichterung ist Numana heute allerbester Laune und redet ohne Punkt und Komma. Sie erzählt mir alles, was in den vergangenen Tagen passiert ist, von der Geburtstagsfeier einer ihrer Freundinnen, dem glücklichen Unentschieden im letzten Handballspiel und der guten Note in Mathematik. Fast anderthalb Stunden lang redet sie, und mit Ausnahme einiger kurzer Kommentare und kleinerer Zwischenfragen komme ich nicht zu Wort. Als ich dann schließlich doch noch ein wenig erzählen möchte, etwa davon, dass sich bei mir vieles zum Positiven entwickelt hat und ich nun wirklich bald nach Hause kommen könnte, unterbricht sie mich mitten im Satz.

„Meine Serie fängt gleich an, ich darf das Staffelfinale auf gar keinen Fall verpassen. Also, mach's gut, Papa, und bis zum nächsten Mal."

Mit diesen Worten legt sie auf. Wie ich mich in diesem Moment fühle, lässt sich schwer in Worte fassen. Ich fühle Dankbarkeit, dass ich die fröhlich und unbesorgt klingende Stimme meiner Tochter hören durfte. Gleichzeitig macht es mich traurig, nach wie vor durch einen Ozean von ihr und ihrer Mutter getrennt zu sein. Ich spüre, dass ich das nicht mehr lange mitmachen kann und beschließe, noch in diesem Monat zurückzufliegen. Und zwar, nachdem wir Frederiks Plan in die Tat umgesetzt und Mr. Igre zusammen mit all seinen Handlangern überführt haben. Eine seltene Zuversicht steigt in mir auf, als ich das Handy in die Hosentasche zurückschiebe und mich wieder dem Abendessen zuwende. Es wird, es muss gutgehen.

Obwohl ich heute Abend so zufrieden bin wie lange nicht, fällt es mir wieder einmal äußerst schwer, zur Ruhe zu kommen und Schlaf zu finden. Die Entwicklungen und Gespräche des Tages beherrschen meine Gedankenwelt, zusätzlich steigt die Nervosität vor dem morgigen Tag sprunghaft an. Frederiks Plan soll umgesetzt werden. Er sieht vor, dass die bereits enttarnten Mr. Brava und Liana uns zu Mr. Igre führen und uns dort unfreiwillig die Vorlage für sein Schuldeingeständnis liefern. Mir fällt dabei als Koordinator und Verbindungsperson eine zentrale Rolle zu, Erwartung und Druck lasten auf mir.

Als die Uhr Mitternacht schlägt, gelingt es mir noch immer nicht einzuschlafen. Obwohl ich den Schlaf dringend brauchen würde, nicht nur, um für morgen ausgeruht zu sein, sondern auch, weil ich aus den zum Teil schlaflosen letzten Wochen noch einiges nachzuholen habe. Doch meine Anspannung steigt immer weiter an, und die Zufriedenheit, die ich nach den Gesprächen mit Frederik und Numana bis eben noch verspürt habe, löst sich auf. Panik und die Angst vor dem Versagen treten an ihre Stelle, Angst vor dem finalen Scheitern. Ich merke, dass ich mir die Beine vertreten muss, will mich aus dem Bett erheben. Schwindelgefühle packen mich. Ich sinke aufs Bett zurück. Vor meinem geistigen Auge tritt Mr. Igre in Erscheinung, zeigt hämisch grinsend mit dem Finger auf mich. Mir entfährt ein Stöhnen. Dann verdunkelt sich die Sicht.

6

„Aufwachen, Savio, Aufwachen!"

Undeutlich dringt eine Stimme an mein Ohr, eine verzerrte Stimme, fast ein Gurgeln. Ich kann die Stimme nicht zuordnen, verstehe lediglich, wie sie die Worte wieder und wieder in gleichmäßigen Zeitintervallen wiederholt. „Aufwachen, Savio. Aufwachen!"

Ich will etwas antworten, schaffe es aber nicht, meinen Mund zu öffnen. Es fühlt sich an, als hätte man die Ober- mit der Unterlippe zusammengenäht, kein Laut kommt hindurch. Ich schlage die Augen auf: Dunkelheit umgibt mich. Es ist unmöglich, darin etwas auszumachen, das sich mit der Stimme in Verbindung bringen lässt. Die Zeit verstreicht, während ich vergeblich versuche, meine Gedanken zu sortieren. Irgendwann erkenne ich schließlich, wie sich in der Ferne ein Umriss abzeichnet, der Umriss einer Gestalt. Alles ist nur äußerst unscharf zu sehen, dennoch kann ich erkennen, wie sie langsam den Mund öffnet.

„Savio."

Auf einmal vernehme ich die Stimme ganz deutlich und direkt vor mir. Sie hört sich nicht mehr an wie ein Gurgeln, sondern dringt laut und klar an mein Ohr. Die Stimme ist so tief und dröhnend wie der Bass eines Techno-Sets. Ich schrecke zurück und versuche, mich zu erinnern, wem sie gehört.

„Savio, hast du mich verstanden?"

Von einem Moment auf den anderen klart die Sicht auf, und eine weite Landschaft wird erkennbar. Ich befinde mich an einem langen Strand. Feiner, ockerfarbener Sand ist zu sehen, dazu türkisblaues Wasser und eine einsame Palme, dort, wo Land und Meer aufeinandertreffen. Ich beginne, über den weichen Sand zu laufen und mich dem Wasser zu nähern.

„Savio, hörst du mich?"

Die tiefe Stimme ertönt nun noch deutlicher. Ich spähe in die Ferne und sehe tatsächlich jemanden: Ein großer, muskulöser Mann in meinem Alter schreitet langsam durch das seichte Wasser auf mich zu. Er hat dunkle, kurzgeschorene Haare und einen Dreitagebart. Seine schwarze Haut kontrastiert mit dem weißen T-Shirt und der gleichfarbigen Badehose, die er trägt. Ich versuche, ihm zuzuwinken, doch meine Arme lassen mich genauso hängen wie meine Stimmbänder. Der Mann bemerkt aber auch so, dass ich auf ihn aufmerksam geworden bin, und kommt mit sich beschleunigendem Schritt auf mich zu.

„Da bist du ja!", ruft er mit seiner tiefen Stimme, und ich erinnere mich wieder an ihn. Sein Name ist Akono, und er ist unser Koch.

„Wir müssen reden", sagt Akono und ich beginne, mir die Hintergründe dieser Begegnung ins Bewusstsein zu rufen. Ich muss mich irgendwo im Süden Nigerias befinden. Akono habe ich vor einiger Zeit in der Hauptstadt Abuja kennengelernt, er gilt als der beste Koch der Stadt und ist mittlerweile einer meiner engsten Freunde geworden. Wahrscheinlich machen wir gerade einen unserer Wochenendausflüge an den Golf von Guinea, wo Akono einige der schönsten unberührten Strände kennt.

„Du versinkst schon wieder in deinen Träumereien, und dann bist du immer wie weggetreten", führt Akono das Gespräch ohne eine verbale Reaktion meinerseits fort. „Du musst dich konzentrieren, hörst du? Unaufmerksamkeiten jeder Art können sofort bestraft werden." Er wirft einen Blick auf seine Armbanduhr, auf deren Ziffernblatt eine Weltkarte dargestellt ist. „Ich denke, wir sollten langsam aufbrechen. Was meinst du?"

„Von mir aus gern", murmele ich und schrecke hoch, als ich feststelle, dass ich meine Sprachfähigkeit wiedererlangt habe.

„Er ist aufgewacht!", ruft eine heisere Stimme über mir. Ich schlage die Augen auf und blicke in das Gesicht eines schwarzhaarigen, glattrasierten Mannes, der mich freudig anschaut. Im nächsten Moment wird daneben ein zweites Gesicht wahrnehmbar, blass, mit einer schmalen Nase und einer blonden Igelfrisur.

„Zander. Frederik!" Ich will mich aufsetzen, kann aber nur den Kopf ein wenig anheben.

„Sachte, immer mit der Ruhe", kommentiert Frederik meine Schwerfälligkeit. „Bleib lieber noch ein wenig in der Waagerechten."

„Was macht ihr beiden denn hier in Nigeria?", frage ich verwirrt. „Wo ist Akono? Und wo das Meer?"

„Nigeria?", Zander klingt überrascht.

„Ja, richtig", antworte ich. „Ich war doch eben noch dort, oder nicht?"

Frederik runzelt die Stirn. „Du bist schon seit zwei Jahren nicht mehr in Nigeria gewesen, mein Guter. Aber lasst uns doch erst einmal ein Ave Maria beten, dafür, dass du wieder unter den Lebenden weilst."

„Da bin ich auch für", meint Zander. „Schließlich warst du fast zwei volle Tage lang weggetreten."

Ich weiß noch immer nicht, wovon die beiden reden. „Weggetreten? Zwei Tage lang? Was ist passiert?"

Zander ist gerade im Begriff, etwas zu sagen, als hinter ihm die Tür aufschwingt und eine kleine, rothaarige Frau im hellgrünen Kasack den Raum betritt, offensichtlich eine Krankenschwester. „Mr. Brückenstein, schön, dass Sie wieder bei uns sind", brüllt sie mir mit kräftiger Stimme entgegen und bedeutet meinen Freunden, Platz zu machen. „Der Patient wird gleich von der Ärztin untersucht werden, anschließend steht die Mittagspause an. Ich schlage daher vor, Sie verabschieden sich erst einmal von Ihrem Freund und kommen am Nachmittag wieder."

Ihrem Tonfall nach zu urteilen ist das weniger ein Vorschlag als vielmehr ein Befehl. Frederik und Zander scheinen das ebenfalls herauszuhören, da sie widerspruchslos gehorchen.

„Ich kann heute leider nicht noch einmal vorbeikommen, geht gerade drunter und drüber bei uns", gibt Frederik Auskunft. „Das Wichtigste habe ich ja jetzt auch live miterleben dürfen." Er klopft mir kameradschaftlich auf die Schulter. „Mensch, Savio, du kannst dir gar nicht vorstellen, wie sehr es mich erleichtert zu sehen, dass du wieder aufgewacht und offenbar außer Lebensgefahr bist. Alles Weitere kannst du später mit Zander besprechen, er wird nachher, gegen 17 Uhr, noch einmal wiederkommen."

Zander nickt: „In der Tat werde ich das", lässt er vernehmen. „Und auch ich bin mehr als froh, dich nun wieder mehr oder weniger lebendig vor mir zu sehen."

Mit diesen Worten wenden sich die beiden zum Gehen. Sie bedanken sich noch einmal bei der Schwester, winken mir zum Abschied und verlassen das Zimmer.

„Da haben Sie aber wirklich sehr aufmerksame und besorgte Freunde", sagt die Krankenschwester, während sie meine Vitalfunktionen misst. Ich schätze sie auf Mitte bis Ende 50, womöglich hat sie aber auch schon die 60 überschritten. Sie trägt ein Namensschild mit der Aufschrift „Kronmal" und macht einen sehr tatkräftigen, aber gutmütigen Eindruck. Ein genauerer Blick in ihre müden, dunkelblauen, relativ weit auseinanderstehenden Augen lässt erahnen, dass sie ziemlich überarbeitet ist und ihr robustes Auftreten nur mit Mühe aufrechterhalten kann.

„Sie haben schon die letzten beiden Tage immerzu angerufen und sich nach Ihrem Zustand erkundigt", erzählt Schwester Kronmal weiter. „Und als wir ihnen dann heute Morgen berichtet haben, dass Sie kurz vor dem Aufwachen sind, kamen die beiden sofort her, um dann zwei Stunden lang vor Ihrem Bett zu stehen und darauf zu warten, dass Sie die Augen öffnen."

Ich versuche zu lächeln, während die Pflegerin zum Fenster geht und es einen Spaltbreit öffnet. Zum ersten Mal seit meinem Erwachen ergibt sich für mich die Gelegenheit, einen Eindruck von dem Ort zu gewinnen, an den ich nun unfreiwillig geraten bin. Ich befinde mich in einem rechteckigen Krankenhauszimmer mit einer Fläche von etwa 15 Quadratmetern, dessen Wände ebenso wie die Decke und der Laminatboden in einem schlichten Weiß gehalten sind. Das Bett, in dem ich liege, ist das einzige im Zimmer und steht längsseitig an einer der Wände. Auf der gegenüberliegenden Seite befindet sich eine schmale und ebenfalls weiße Tür, auf der linken das breite rahmenlose Fenster, an dem sich Schwester Kronmal gerade zu schaffen macht. Rechts ist ein weißer Kleiderschrank erkennbar, der kaum Platz lässt für mehr als ein paar Wechselsachen. Über meinem Bett kann ich aus dem Augenwinkel eine kleine Landschaftsfotografie erkennen. Sie zeigt einen schmalen Fluss, der sich durch einen im morgendlichen Dunst glitzernden Birkenwald schlängelt. Direkt vor dem Bett steht ein weißer Tisch, über dem eine Vielzahl an Schläuchen und dergleichen von der Decke herunterhängt. Als Schwester Kronmal zu mir zurückkehrt, stelle ich auch ihr die Frage, die mich umtreibt, wenngleich ich die Antwort mittlerweile zu kennen fürchte: „Was ist passiert?"

Die Krankenschwester wirft mir einen flüchtigen Blick zu, dann sagt sie: „Ich denke, dass wird Ihr Freund Ihnen nachher noch ausführlich erläutern. Wir beide werden jetzt lieber erst einmal auf die Ärztin warten und hören, ob sie sich meinem vorsichtigen Optimismus hinsichtlich Ihres Zustands anschließen wird. Ich gehe kurz ins Nachbarzimmer, bin dann aber gleich wieder bei Ihnen."

Mit diesen Worten verlässt Schwester Kronmal den Raum. Ich seufze und drehe den Kopf in Richtung der Decke über mir. Silberne Petroleumlampen zieren die ansonsten kahle, weiße Fläche. Von draußen höre ich ein Klopfen, dann öffnet sich die Tür, und jemand betritt das Zimmer. Ich drehe mich wieder um und sehe, wie die Krankenschwester in Begleitung einer Frau im weißen Kittel das Zimmer betritt.

Die Ärztin, eine große und schlanke Frau, wird mir von Schwester Kronmal als Dr. Laurberg vorgestellt und macht einen sehr sympathischen Eindruck. Ihr langes, dunkelblondes Haar ist zu einem Pferdeschwanz zusammengebunden, und sie lächelt mir aus blauen, gutmütigen Augen freundlich zu: „Sie haben in doppelter Hinsicht Glück gehabt, Mr. Brückenstein. Zum einen war die Dosierung von vornherein nicht lebensbedrohlich, zum anderen hat man Sie schnell gefunden und sogleich den Notruf gewählt. Dank der sofortigen Erstversorgung vor Ort und der guten Betreuung hier im Krankenhaus werden Sie wohl keine bleibenden Schäden davontragen. Um die Klinik wirklich im Vollbesitz Ihrer Kräfte wieder zu verlassen, empfehle ich Ihnen, noch zwei bis drei Tage hierzubleiben. Also", sie reicht mir die Hand: „Alles Gute für Sie. Und passen Sie auf sich auf."

Nachdem die Ärztin gegangen ist, schaut sich Schwester Kronmal noch einmal kurz im Zimmer um und verlässt es dann ebenfalls, um wenig später mit dem Mittagstablett wieder zurückzukehren.

7

Im Anschluss an die erste Mahlzeit seit über 48 Stunden, die ich wieder selbstständig zu mir nehmen konnte, ruhe ich mich zunächst noch ein wenig aus und sammle neue Energie, ehe ich schließlich um 17 Uhr wie angekündigt meinen Freund und Kollegen Zander empfange. Er trägt wie gewöhnlich ein schwarzes T-Shirt, eine kurze, grüne Jogginghose und schwarze Turnschuhe. Sein kurzes dunkles Haar ist nach hinten gekämmt und mit Gel fixiert. Er wirkt ziemlich abgehetzt, als er in mein Zimmer gestolpert kommt.

„Alles okay mit dir?", frage ich anstelle einer Begrüßung. „Du hättest heute auch nicht noch einmal zu kommen brauchen."

Zander winkt ab: „Alles gut, das ist jawohl Ehrensache. Außerdem müssen wir regelmäßig kontrollieren, ob du auch in guten Händen und nach wie vor in Sicherheit bist."

„Eigentlich machen die hier alle einen ziemlich kompetenten Eindruck", erwidere ich. „Die Ärztin meinte sogar, dass ich in zwei bis drei Tagen wieder rauskomme."

„Das wären doch sehr gute Neuigkeiten", antwortet Zander und fügt hinzu: „Die Krankenschwester hat mir übrigens erlaubt, mit dir ein wenig umherzulaufen. Was hältst du von einem kurzen Abstecher in die Kantine? Dort können wir dann in aller Ruhe besprechen, wie es nun weitergehen soll."

„Und was denn nun überhaupt mit mir passiert ist. Das hat mir noch immer keiner gesagt", ergänze ich, während ich mich zunehmend frage, ob ich die Antwort wirklich hören möchte. Schwerfällig und gestützt von Zander verlasse ich das Zimmer.

Der Krankenhausflur ist menschenleer. Mit seinen weißen, frisch gestrichenen Wänden, den blankpolierten weißen Fliesen und den futuristisch anmutenden LED-Leuchtröhren, die an der ebenfalls weißen Decke angebracht sind, erinnert mich der Gang ein wenig an den Innenraum des Plusenergiehauses. Nachdem wir dem Flur etwa 200 Meter gefolgt sind, sehen wir zu unserer Linken die Kantine. Sie ist im gleichen Weiß gehalten wie der Flur und besteht aus etwa 20 Tischen, von denen rund die Hälfte besetzt ist, sowie einem Verkaufstresen, hinter dem zwei Verkäufer lässig an der Wand lehnen. Zander deutet auf einen kleinen Tisch mit zwei Stühlen, der direkt vor einem großen Glasfenster auf der linken Wandseite platziert ist.

„Setz dich, ich hole uns was", sagt er mit noch immer heiserer Stimme.

Ich folge der Anweisung, nehme auf einem der Stühle Platz und blicke aus dem Fenster. Von hier aus kann man einen großen Teil der Krankenhausanlage überblicken, die von der heißen Nachmittagssonne beschienen wird. Mehrere aneinandergereihte, grün und weiß gestrichene Klötze mit sechs bis acht Stockwerken, umgeben von Parkplätzen und Grünstreifen.

Von außen betrachtet macht das Areal einen maroden Eindruck. Der Putz blättert großflächig von den Wänden ab, und die Scheiben vieler der rechteckigen Fenster sind zersprungen. Wege und Parkplätze sind in bemitleidenswertem Zustand, die Grünflächen sind mit Unkraut überwuchert, und die Autos und Fahrräder, die zu sehen sind, machen einen überaus klapprigen Eindruck, was auch für die vergleichsweise wenigen Menschen gilt, die auf der Anlage unterwegs sind.

In der Ferne, außerhalb des Krankenhausgrundstücks, ist ein bereits nahezu vollständig ausgetrockneter See zu erkennen, an dessen Ufern provisorisch anmutende Holz- und Lehmhütten dicht aneinandergebaut stehen. Auch die Anhöhe, die sich im Hintergrund des Sees befindet, ist von Gebäuden dieser Art gesäumt. Ich erinnere mich, die Siedlung schon einmal besucht zu haben, sie befindet sich im äußersten Norden der Stadt und gilt als eines ihrer ärmsten Viertel. Als ich den Blick wieder vom Fenster löse, stellt Zander gerade ein Tablett mit Tee und Kuchen vor mir ab und setzt sich auf den freien Stuhl gegenüber.

„Hau rein", befiehlt er.

„Sicher doch, du ebenso", antworte ich und ergänze: „Und dann erzähl, was es zu erzählen gibt."

Zander kratzt sich kurz am Kinn, dann fängt er an zu reden.

„Also gut. Zunächst einmal solltest du wissen, dass es Magalhães war, der dich am Dienstag, also vorgestern, in deiner Wohnung gefunden hat. Er hatte sich bereits zur frühen Morgenstunde mit Frederik getroffen, um die ersten Vorbereitungen für den Plan zu treffen."

„Tja, der Plan", denke ich. Wieder an Zander gewandt, frage ich: „Was ist dann passiert?"

Zanner nippt an seinem schwarzen Tee, während er fortfährt: „Wie du weißt, solltest du dich um 6.30 Uhr vor dem Plusenergiehaus einfinden. Nachdem du aber 15 Minuten später noch immer nicht an Ort und Stelle warst, wurde für deine Personalie automatisch Plan B aktiviert."

Tritt dieser Fall ein, so wird die dem Fernbleibenden angedachte Aufgabe von einer stets bereitstehenden Ersatzperson übernommen.

„Dementsprechend", fährt Zander fort, „wurde der Plan mit Dilip, deinem Ersatzmann, angegangen. Da Frederik sehr besorgt über deinen Verbleib war, hat er beschlossen, auch Magalhães, nach dir wohl der Mensch, dem er am meisten vertraut, gegen seinen Ersatzmann auszutauschen und ihn stattdessen zu deiner Wohnung zu schicken, um dort nach dem Rechten zu sehen. Magalhães ist also in seinen Wagen gestiegen und zu dir gefahren, wo er gegen 7 Uhr eingetroffen ist. Da du trotz mehrmaligen Klingelns nicht die Tür geöffnet hast und auch nicht an dein Handy gegangen bist, hat er sich mithilfe des Zweitschlüssels, den Frederik ihm gegeben hatte, Zutritt zu deiner Wohnung verschafft. Dort fand er dich dann in deinem Schlafzimmer, bewusstlos neben dem Bett liegend. Er hat sofort den Notarzt gerufen, der dann kurze Zeit später auch eingetroffen ist, dich erstversorgt und eine Überdosis Zolpidem diagnostiziert hat."

Ich habe es befürchtet. Zolpidem ist ein viel verschriebenes Schlafmittel, dessen Wirkung sich bei zu hoher Dosierung aber schnell ins Negative umkehren kann.

„Du wurdest", fährt Zander fort, „in die Sonderabteilung des Nordkrankenhauses gebracht, wo man dir ein wirksames Gegenmittel verabreicht und dich ins künstliche Koma versetzt hat. Da die Überdosis, wie sich im Nachhinein zeigte, wohl von Beginn an nicht lebensbedrohlich war und dein Körper sehr gut auf das Gegenmittel angeschlagen hat, konntest du bereits zwei Tage später, also heute Vormittag, wieder aus dem Koma geholt werden." Ich nicke schuldbewusst, widerstrebt es mir doch sehr, meinen Medikamentenkonsum zuzugeben. Doch die Schlafstörungen sind in letzter Zeit so unerträglich geworden, dass ich mir nicht mehr anders zu helfen wusste. Diese Überdosis ist der Tiefpunkt meiner Leidenszeit und wirft grundsätzliche Fragen auf. „Was ist mit dem Plan?", frage ich, um nicht noch mehr offenbaren zu müssen. Ich spreche mit gesenkter Stimme, wenngleich sich die Kantine inzwischen ziemlich geleert hat. „Konnte er dennoch wie gewünscht umgesetzt werden?"

„Nun ja", glücklicherweise nimmt Zander den Themenwechsel ohne weitere Nachfragen an, „sagen wir mal: fast. Wie erhofft konnten Mrs. Levadas verdeckte Kontaktpersonen den Ort, an dem Mr. Brava und Liana das geheime Treffen mit Mr. Igre arrangiert hatten, herausfinden. Es handelte sich um ein ehemaliges Anglerheim am südlichen Rand der Stadt, inmitten einer Steppenlandschaft und fernab der Zivilisation gelegen. Zusammen mit Dilip und Aíton, Magalhães Ersatzmann, fuhr Frederik dorthin. Vor Ort machten alle drei einen ausgezeichneten Job: Sie drangen ohne Spuren zu hinterlassen in das Gebäude ein, installierten die notwenigen Aufnahme- und Überwachungsmaterialien, stellten die Verbindung zu meiner Abteilung her und besprachen sich noch einmal mit den von Mrs. Levada entsendeten und um das Haus herum positionierten Wachposten. Als die Zielpersonen schließlich eintrafen, konnten wir sofort mit der Überwachung beginnen und zeichneten auf, wie Mr. Igre das Wort übernahm. Bereits nach wenigen Minuten hatten wir eine Menge an belastendem Material gegen ihn gesammelt und signalisierten der digital zugeschalteten Mrs. Levada, sie könne den Zugriffsbefehl an ihre Leute weitergeben. Unmittelbar darauf drangen diese dann in das Haus ein und überwältigten die drei Kriminellen. Allerdings, und nun komme ich zum unglücklich verlaufenen Teil des Ganzen, gelang Liana, als man sie nach draußen führte, unter rätselhaften Umständen die Flucht. Auf unseren Kameras konnten wir erkennen, wie plötzlich ein kleines, pfeilförmiges, blaugrünes Auto angerast kam, dessen Türen sich während des Fahrens öffneten. Die Insassen nutzten die Sekunden der allgemeinen Überraschung und zogen Liana in das fahrende Auto, das so schnell davonfuhr, wie es gekommen war. Natürlich wurde umgehend die Verfolgung aufgenommen, allerdings erreichte das Gefährt eine Geschwindigkeit, der unsere Fahrzeuge selbst auf einer asphaltierten Straße nicht gewachsen wären, und entkam."

Ich schüttele staunend den Kopf. „Was war das für ein Auto?"

„Das ist die große Frage", antwortet Zander. „Es hatte die Länge eines Kleintransporters, war jedoch nur halb so hoch, halb so breit und besaß zwei lange Türen, auf jeder Seite eine. Wie bereits erwähnt, hatte es die Form eines Pfeils. Motorengeräusche machte es praktisch keine. Aíton meinte zudem, in dem blaugrünen Muster eine Weltkarte erkannt zu haben."

„Interessant", entgegne ich. „Was ist mit Mr. Igre und Mr. Brava?"

„Sie wurden planmäßig festgenommen und sind inzwischen dabei, ihre Taten zu gestehen. Einige der ihnen vorgeworfenen Dinge haben sie bereits zugegeben. Mit Lianas Flucht und dem mysteriösen Auto wollen beide allerdings nichts zu tun haben, wobei ihre Beteuerungen durchaus glaubhaft rüberkommen. Ab sofort müssen wir also davon ausgehen, dass Liana womöglich einer weiteren, uns bislang unbekannten Gruppierung angehören könnte, von der eine Gefahr noch ungewissen Ausmaßes ausgeht. Die internationale Fahndung nach ihr und dem Wagen läuft, bislang allerdings ohne Erfolg."

Ich denke über die soeben eingeholten Informationen nach, merke aber, dass ich infolge meines Unfalls noch etwas benebelt bin. Zander kaut auf seinem Croissant herum und klopft mir mit vollem Mund auf die Schulter: „Mach dir keinen Kopf deswegen, Savio. Deine Vorarbeit ist zuallererst einmal einer der Hauptgründe dafür, dass wir die anderen beiden Schwerverbrecher gefasst haben. Dieses Verdienst wird man mit Sicherheit noch von offizieller Seite würdigen. Und was Liana und ihre potenziellen Komplizen betrifft, so geht unsere Arbeit nun eben in die nächste Runde. Du hast dafür einen Grundstein gelegt. Frederik und Mrs. Levada werden ihre Teams mobilisieren und Maßnahmen ergreifen. Meine Leute sind bereits dabei, alle Daten auszuwerten, auf die wir in irgendeiner Form Zugriff haben und die relevant sein könnten. Viele gute und fähige Leute stehen auf unserer Seite, das darfst du nicht vergessen. Sieh erst einmal zu, dass du dich wieder vollständig erholst. Danach wird es auch für dich weitergehen."

Ich beiße ein Stück von meinem Streuselkuchen ab, habe jedoch große Mühe, es herunterzubekommen.

„Was ist mit der Arbeit in der Wüste?", frage ich.

„Die wird zunächst fortgesetzt. Nach den Vorfällen mit Mr. Brava und Liana hat Frederik vorerst die Leitung des Projekts übernommen. Verständlicherweise will er die aktuellen Entwicklungen noch nicht an die Öffentlichkeit weitergeben, da der Fall nach wie vor nicht beziehungsweise nur zu Teilen gelöst ist. Auch die Abrissfirma wird ihre Tätigkeit bis auf Weiteres in altbekannter Form fortsetzen. Nach der Festnahme von Mr. Igre ist seine vormalige Stellvertreterin, eine gewisse Mrs. Londer, übergangsweise in das Amt der Vorsitzenden berufen worden. Sie hat sich gestern bereits für eine längere Besprechung mit Frederik zusammengesetzt."

Ich fühle mich müde und kraftlos. Nachdem ich mir den Rest meines Tees und des Kuchens hineingequält habe, bitte ich Zander, mich zurück ins Krankenzimmer zu geleiten.

„Danke, dass du gekommen bist", sage ich zu ihm. „Du bist wirklich ein guter Typ. Ich würde mich jetzt aber gern ein wenig zurückziehen und noch etwas nachdenken."

„Klar, tu das", erwidert Zander. Es folgt eine kurze Verabschiedung, dann wendet er sich zum Gehen. An der Tür dreht er sich dann aber doch noch einmal um. „Und jage uns bitte nicht noch einmal einen solchen Schrecken ein, okay? Das hätte echt auch ins Auge gehen können."

Nachdem Zander gegangen ist, lasse ich mich aufs Bett sinken und versuche, einen klaren Kopf zu bekommen. War wohl alles ein wenig viel auf einmal, und wenngleich ich in körperlicher Hinsicht zunehmend wieder zu Kräften komme, fühle ich mich mental am Ende. Die vielen Neuigkeiten, die Zander im Gepäck hatte, machen mir zu schaffen. Früher hätte ich mich über die beiden erfolgreich durchgeführten Festnahmen gefreut und mich nun mit umso größerem Elan auf die noch offenen Fragen in Bezug auf die neuen Entwicklungen im Fall Liana gestürzt. Doch im Moment ist nichts davon der Fall. Ich habe so sehr gehofft, dass der Plan von Anfang bis Ende aufgehen und es danach endlich vorbei sein würde. Mit der Gewissheit, das Projekt nach all den Rückschlägen nun doch zu einem erfolgreichen Abschluss gebracht zu haben, wollte ich das Land verlassen und an den Ort zurückkehren, an dem meine Familie und eine geregelte Tätigkeit auf mich warten. Und nun das. Zwei Personen wurden gefasst, schön und gut. Eine andere ist dafür aber entkommen und hat eine unerwartete Wendung in den Fall gebracht, die uns gewissermaßen wieder an den Anfang zurückwirft.

Dass ich nun hier liege, ist angesichts der Umstände, die dazu geführt haben, vielleicht die letzte Warnung gewesen. Ich kann das einfach nicht mehr. Ich bin nun schon viel länger an diesem Ort als geplant, habe alles dem großen Vorhaben untergeordnet. Es ist jetzt einfach an der Zeit, einen Schlussstrich zu ziehen. Denn eigentlich, das wird mir nun klar, habe ich das ursprünglich formulierte Ziel doch erreicht. Gemeinsam mit meinen Kollegen ist es mir gelungen, die kriminellen Machenschaften, wegen denen wir damals hierhergekommen sind, aufzudecken. Mit Mr. Igre und Mr. Brava konnten die beiden Figuren, die wir von Beginn an im Visier hatten, ausgeschaltet werden. Liana und ihre Flucht im mysteriösen Auto, das ist nun ein anderer, ein neuer Fall. Und wenn sich Frederik, Zander, Mrs. Levada und all die anderen dieses Falls annehmen wollen, dann sollen sie das tun. Wir können uns glücklich schätzen, dass es nach wie vor Menschen gibt und wahrscheinlich immer geben wird, die bereit sind, ihr Leben zu riskieren und alles aufzugeben, um ihrem Traum von einer besseren, weil gerechteren Welt auch nur ein winziges Stück näherzukommen. Auch ich werde weiterhin dafür kämpfen. Aber nicht mehr in vorderster Front.

8

Bevor ich schlafen gehe, betrachte ich noch einmal die Fotografie, die über meinem Bett an der ansonsten völlig kahlen weißen Wand angebracht ist. Sie ist nicht sonderlich groß, vielleicht 20 mal 30 Zentimeter. Der Birkenwald, den man auf ihr erkennen kann, weckt eine Kindheitserinnerung in mir.

Damals, ich war ein kleiner Junge von vielleicht zehn oder elf Jahren, streunte ich eine Zeit lang fast jeden Tag durch die Wiesen am Rande unserer Siedlung und ging des Öfteren auch in den kleinen Birkenwald, der sich inmitten der sumpfigen Graslandschaft befand. Für gewöhnlich war ich dort mit einem oder zwei Freunden unterwegs, hin und wieder auch mit meinem Vater. Doch dieses eine Mal machte ich mich allein auf den Weg.

Es war ein früher Montagnachmittag und Anfang Mai, doch es herrschten bereits Temperaturen von fast 30 Grad Celsius. Außerdem lag eine Schwüle in der Luft, die ein aufkommendes Gewitter ankündigte. Ich kam früher als erwartet von der Schule nach Hause, da die letzte Stunde, Religion, ausgefallen war. Als ich daheim die Küche betrat, fand ich auf dem Herd das Essen vor, das meine Mutter bereits am Vorabend zubereitet hatte und das von mir nur noch aufgewärmt werden musste. Da ich nun aber früher hier eingetroffen war als gedacht und den Drang nach Bewegung verspürte, entschloss ich mich, vor dem Essen noch ein wenig durch die Wiesen zu stromern. Ich stellte den Schulrucksack in der Küche ab, zog eine alte Hose an und streifte mir meine bereits ziemlich zerfetzten Turnschuhe über. Dann zog ich los. Ich mochte es immer sehr, in der Natur spazieren zu gehen und den Gedanken freien Lauf zu lassen.

Ursprünglich war es mein Plan gewesen, nur ein wenig durch die Wiesen zu wandern. Je näher ich aber dem kleinen Wald kam, desto größer wurde mein Ehrgeiz, mich auch dort hineinzuwagen. Bis jetzt hatte ich ihn noch nie allein betreten, doch es schien mir ein guter Tag zu sein, um das zu ändern. Ich beschleunigte meinen Schritt, lief geradezu fröhlich drauflos, bis ich schließlich die Schatten der ersten Birken erreichte. Ich hielt an und blickte auf: Ruhig und friedlich lag der Wald vor mir. Er war durchgehend von einem etwa zwei Meter breiten Bach umschlossen, den es zu überspringen galt. An sich kein Problem, doch ich zögerte dennoch. Jetzt, wo er so unmittelbar vor mir lag, mit seinem sumpfigen Boden und all dem Gestrüpp unter den dunklen Baumkronen, wirkte der Wald auf mich, so ganz allein unterwegs, nun doch ein wenig furchterregend. Ich kratzte mich am Kinn, überlegte hin und her, ob ich tatsächlich hineingehen sollte. Letzten Endes war mein kindlicher Entdeckungsdrang aber einfach zu stark. Ich ging also zu der Stelle, an der direkt hinter dem Bach ein kleiner Pfad ansetzte, nahm ein paar Schritte Anlauf und machte mich daran, das Hindernis zu überspringen. Erst am Abend zuvor hatte es ein starkes Gewitter gegeben, und der Bach war bis zum Rand mit Wasser gefüllt. Ein unerwartetes kühles Bad wäre nicht unbedingt in meinem Interesse gewesen. Die Sorge erwies sich jedoch als unbegründet, da ich locker über den Bach hinwegsprang.

Im Wald angekommen, folgte ich dem Pfad in Richtung einer besonders prächtigen Birke, die sich ziemlich genau in der Waldesmitte befand und in deren Rinde mein Freund Dominik und ich unsere Initialen geritzt hatten. Als ich den Baum erreicht hatte, machte ich kurz stopp und lehnte mich an seinen Stamm. Plötzlich vernahm ich aus unmittelbarer Nähe ein dröhnendes Geräusch. Ich erschrak und klammerte mich an die Birke. Das Geräusch war nicht übermäßig laut, doch es hob sich deutlich vom Rascheln der Blätter und dem vereinzelten Vogelgezwitscher ab. Es klang monoton und durchfuhr meine Glieder wie der Sound einer Bohrmaschine. Nach etwa 20 Sekunden war wieder alles still.

Ich verharrte noch etwa eine Minute an Ort und Stelle, dann fasste ich den Entschluss, den Wald auf demselben Weg wieder zu verlassen, auf dem ich gekommen war. Ich ging also bis zum Anfang des Pfades zurück, stoppte vor dem Bach und nahm einen kurzen Anlauf, um erneut hinüberzuspringen und dem Wald den Rücken zu kehren. Der Sprung verlief jedoch nicht wie geplant, da sich mein rechter Fuß im Gestrüpp verfing und ich ins Stolpern geriet. Folgerichtig lag ich Sekunden später kopfüber im Bachbett. Doch wie ich erstaunt feststellte, wurde ich dort nicht nass. Denn war der Bach vor wenigen Minuten noch bis zum Rand mit Wasser gefüllt gewesen, so war dieses nun bis auf den letzten Tropfen verschwunden.

9

Am nächsten Morgen werde ich durch das Klopfen von Schwester Kronmal geweckt, die mit dem Frühstück mein Zimmer betritt. Sie ist bester Laune, da heute ihr letzter Arbeitstag vor dem zweiwöchigen Urlaub ansteht, den sie bei ihrer Schwester in einer kleinen Stadt etwa 200 Kilometer südwestlich von hier verbringen wird. Auch ich bin gut drauf, habe ich doch fast zehn Stunden lang ununterbrochen geschlafen, so ruhig und so fest wie schon seit langem nicht mehr. Bevor ich gestern Abend ins Bett gegangen bin, habe ich Frederik noch eine kurze Nachricht mit der Bitte geschrieben, ihn noch einmal zu einem persönlichen Gespräch zu treffen. Als ich jetzt mein Smartphone zur Hand nehme, sehe ich, dass er mittlerweile geantwortet hat: Er wird am späten Nachmittag zwischen 17 und 18 Uhr vorbeikommen.

Zufrieden lege ich das Handy beiseite, stehe vom Bett auf und greife nach meinem Rucksack, den Zander mir bei seinem gestrigen Besuch mitgebracht hat und der seitdem am Kopfende meines Bettgestells lehnt. Ich öffne das hinterste Fach und ziehe den gelben Briefumschlag heraus, den ich bereits seit längerem dort aufbewahre. Er beinhaltet einen weißen, mit schwarzer Tinte beschriebenen Briefbogen, den ich zur Hand nehme und auseinanderfalte. Ich habe ihn vor etwa zweieinhalb Jahren von Frederik erhalten, er schreibt mir darin von dem Projekt, dem ich inzwischen seit zwei Jahren angehöre. Ich weiß noch, wie ich damals daheim an meinem Schreibtisch saß und seine Nachricht zum ersten Mal von Anfang bis Ende las.

Berlin, 12. Dezember 2049

Lieber Savio,

ich bedauere es sehr, dass wir uns in diesem Jahr erneut nicht über die Weihnachtstage in Deutschland sehen werden. Deine Beweggründe, die Feiertage mit der Familie in eurer neuen Wahlheimat zu verbringen, kann ich aber natürlich mehr als nachvollziehen. Da wir uns also nicht persönlich treffen werden, möchte ich dir gern in diesem Brief von dem großen Projekt erzählen, dem ich mich vor etwa einem Monat angeschlossen habe. Gern würde ich dich davon überzeugen, unserer Organisation ebenfalls für eine Weile beizutreten und mit mir gemeinsam an der Aufklärung dieses hochbrisanten Falls zu arbeiten. Damals, während unserer gemeinsamen Zeit in Osttimor, hast du immer wieder betont, wie gern du in unserem Heimatland noch einmal etwas wirklich Großes und Nachhaltiges bewirken würdest. Ich denke, diese Möglichkeit bietet sich nun.

Wie ich es bereits in unserem letzten Telefonat vor etwa drei Monaten angedeutet hatte, habe ich den Entschluss gefasst, dir nachzueifern und ebenfalls noch einmal neu anzufangen. Dieser Plan ist mittlerweile umgesetzt: Ich habe den Dienst quittiert und bin – das ist der Unterschied zu dir – nach Deutschland zurückgekehrt. Im Südosten Berlins konnte ich eine vorübergehende Unterkunft finden und habe vor etwa einem Monat eine Stelle bei der Organisation Germany and Europe against Greenwashing angetreten, im Allgemeinen eher bekannt unter der Abkürzung GAEAG.

Während meiner Zeit in Schweden hatte ich beruflich bereits des Öfteren mit Ortrud Levada zu tun, einer Slowenin, die seit 2041 GAEAG-Vorsitzende ist. Sie erzählte mir von der Organisation, die sich ihrer Aussage nach zu einer von Europas führenden NGOs mit ökologischem Schwerpunkt entwickelt habe und bereits einigen Fällen von Greenwashing auf

*die Spur gekommen sei. In einem unserer Gespräche, es muss
vor etwa einem halben Jahr gewesen sein, berichtete sie von
einem neuen, besonders brisanten Fall, den man hinter der
Zusammenarbeit zweier nach außen hin seriös wirkender
Unternehmen in Berlin vermutete. Bei diesen handelt es sich
um eine NGO mit dem Namen Social and Ecological Collabo-
ration, kurz SECO, sowie eine als Igre.Change bekannte Firma, die sich auf den Abriss und Wiederaufbau von herunter-
gekommenen Stadtvierteln spezialisiert hat.*

*SECO ist direkt in Berlin ansässig und wurde erst vor relativ
kurzer Zeit als Reaktion auf die fortschreitende Wüstenbil-
dung im Süden und Osten der Hauptstadt und in Teilen Bran-
denburgs gegründet. Die Organisation rekrutiert freiwillige
Helfer aus aller Welt, die, mit einem befristeten Arbeitsvertrag ausgestattet, eine großangelegte, von SECO angeleite-
te Wiederaufforstung der Wüstengebiete betreiben. Bei Igre.
Change handelt es sich um ein in mehreren west- und mittel-
europäischen Staaten aktives Unternehmen, deren momentan größter Einsatz aber ebenfalls in Berlin stattfindet, wo
man mit dem Abriss und dem Wiederaufbau einiger mittlerweile zerfallener Viertel rund um den früheren Bahnhof Ber-
lin-Ostkreuz (und damit in unmittelbarer Nähe zum Haupt-
einsatzgebiet von SECO) beauftragt wurde. Mrs. Levadas
Aussage nach erhalten beide Parteien eine große Summe an
Fördermitteln, da auf der von Igre.Change wiedergewonne-
nen Fläche und damit in direkter Nachbarschaft zum durch
die Tätigkeit von SECO wiederaufgeforsteten Gebiet eine riesige, ausschließlich aus Plusenergiehäusern bestehende Siedlung mit rund 320 000 neuen Sozialwohnungen entstehen
soll. Die gesamten 15 Prozent der Einwohner Berlins, die laut
dem statistischen Bundesamt mittlerweile von akuter Armut
und Obdachlosigkeit betroffen sind, würden dort eine neue
Unterkunft finden können. Ein Großprojekt auf sozialer wie
auf ökologischer Ebene.*

*Mittlerweile habe sich allerdings der Verdacht erhärtet, dass
SECO und Igre.Change in Wahrheit einen ganz anderen Plan*

verfolgten. In den neu entstehenden Vierteln wolle man näm-
lich keinen sozialen Wohnraum, sondern Luxusapartments er-
richten, einen Rückzugsort für die Oberschicht, separiert vom
Rest der Stadt und umgeben von einer neu entstehenden Na-
turoase. GAEAG sei auf den Fall aufmerksam geworden und
habe begonnen, Nachforschungen anzustellen.

Mrs. Levada bot mir eine Stelle bei GAEAG an, bei der es
meine Aufgabe sein sollte, undercover und unter dem Deck-
mantel der Zusammenarbeit bei SECO eingesetzt zu werden,
als Leiter eines der in der Wüste arbeitenden Freiwilligen-
teams. Offiziell sollte ich dort mit der Aufgabe betraut wer-
den, eine Gruppe von sechs bis acht Freiwilligen aus Japan
bei ihrer Tätigkeit zu betreuen. Inoffiziell wollte man natür-
lich an Fakten herankommen, die zur Aufdeckung des Skan-
dals beitragen sollten. Vor allem zwei Herren seien ins Visier
der Ermittlung geraten und würden als Köpfe der Geschäf-
te gelten: Bénito Igre, Kanadier und Igre.Change-Geschäfts-
führer, sowie Evandro Brava, der aus Brasilien stammende
Leiter von SECO.

Ich gab mir einige Wochen Bedenkzeit, dann entschied ich mich,
das Angebot anzunehmen. Seit etwa einem Monat arbeite ich
nun mittlerweile für GAEAG beziehungsweise, wie es offiziell
heißt, in der GAEAG-SECO-Kollaboration. Während die Ar-
beit in der Wüste echt spannend und mit dem Kennenlernen
vieler neuer und interessanter Menschen verbunden ist, ge-
staltet sich meine eigene Aufgabe, die versteckte Recher-
chearbeit, äußerst anspruchsvoll. Aus diesem Grund habe ich
Mrs. Levada gegenüber den Wunsch geäußert, mir einen As-
sistenten an die Seite zu stellen. Sie war einverstanden und
hat mit Mr. Brava ausgemacht, dass zum ersten April ein sol-
cher eingestellt werden soll. Mein ausdrücklicher Wunsch ist
es nun, dich für diesen Posten zu gewinnen. Ich weiß natür-
lich, dass du dir weit weg von hier ein Leben aufgebaut hast,
und das sollst du auch weiterführen. Doch es wäre mir eine
große Freude, dich zumindest für ein paar Monate, maximal
für ein Jahr, noch einmal als Mitarbeiter an meiner Seite zu

wissen. Du weißt, wie gut wir schon damals in Osttimor harmoniert haben.

Denk zumindest drüber nach! Solltest du tatsächlich Interesse haben, würde ich dich bitten, mir gemeinsam mit deiner Antwort ein paar biografische Angaben zu übermitteln, damit GAEAG ein Profil von dir anlegen kann.

Also, Savio, halt dich wacker und überleg es dir! Wäre mir eine große Freude, noch einmal mit dir zusammenzuarbeiten.

Beste Grüße
Frederik

Ich falte den Brief wieder zusammen und stecke ihn zurück in den Umschlag. Frederiks Worte haben mich damals in einen großen Gewissenskonflikt gebracht, der mir sehr zusetzte. Es dauerte über einen Monat, bis ich schließlich, auch dank des Zuspruchs von Laelia, einen Antwortbrief formulieren konnte.

Abuja, 23. Januar 2050

Hey Frederik,

entschuldige bitte, dass ich erst jetzt auf deinen Brief antworte. Die Entscheidung, ob ich dein Angebot annehmen soll oder nicht, ist mir unglaublich schwergefallen. Mit diesem Brief möchte ich dich wissen lassen, dass ich zu dem Entschluss gekommen bin, mich GAEAG für zwölf Monate anzuschließen. Die folgenden Zeilen sind eine kleine Biografie, die du für die Erstellung meines Profils gern an Mrs. Levada weiterleiten kannst.

Mein Name ist Savio Brückenstein, ich wurde Anfang 2013 als zweites von drei Kindern in eine mittelständische Familie

*hineingeboren. Die ersten 18 Jahre meines Lebens verbrachte
ich wohlbehütet in einer kleinen Stadt in Mitteldeutschland,
und ich kann mir keine schönere Kindheit vorstellen als die,
die ich dort erleben durfte. Ich wuchs in einer sicheren und
liebevollen Umgebung auf, ging zur Schule, spielte Fußball,
unternahm viel mit meiner Familie und traf mich mit meinen
Freunden. Da meine Eltern schon immer große Freude am Reisen empfanden, hatte ich zudem das Glück, bereits als kleiner Junge außergewöhnlich viele Orte kennenlernen zu dürfen. Dies wiederum führte dazu, dass ich seit jeher eine große
Sehnsucht nach Neuem und Unbekanntem verspürte. Sobald
ich im Sommer 2031 als 18-Jähriger die Schule abgeschlossen
hatte, zog es mich deshalb hinaus in die Ferne.*

*Ich verließ Deutschland zu einer Zeit, in der sich bereits ab-
zeichnete, dass sich das Leben, das wir alle gewohnt waren,
von Grund auf ändern würde. Der Klimawandel und internationale Krisen bedingten eine rasche Verschlechterung der
Sicherheitslage und einen Rückgang des Wohlstandes, in dem
ich aufgewachsen war. Die nach wie vor bestehende Vernet-
zung Deutschlands vor allem in der westlichen Welt ermög-
lichte es den jungen Erwachsenen meiner Generation aber
trotzdem noch, am internationalen Austausch mitzuwirken.*

*Ich für meinen Teil begann ein Bachelorstudium der Staats-
wissenschaften in Coimbra, Portugal, und konnte miterleben,
wie sich auch in diesem Land die einstmals so hohe Lebensqualität zunehmend verringerte. Die genannten klimabedingten
Verschiebungen, die sich in Deutschland in Ansätzen bemerkbar machten, trafen Portugal bereits zu dieser Zeit ziemlich
heftig. In den Küstengebieten traten vermehrt Überschwemmungen auf, und auch die Schutzmauern, die als wichtigste
Gegenmaßnahme im Eiltempo entlang der gesamten portu-
giesischen Küste errichtet wurden, konnten nicht verhindern,
dass der Tourismus, seit Langem die wichtigste Einnahmequelle
des Landes, zum Erliegen kam. Auch die Einheimischen zogen
zunehmend ins Landesinnere, wo sich die Probleme jedoch in
ähnlichem Ausmaß dramatisierten. Dürren und Waldbrände*

verwandelten große Teile des Landes in karge, wüstenähnli-
che Landschaften, mit der Folge, dass sich der wenige Jahre
zuvor noch in rasantem Tempo entwickelnde und weltweit
mehr und mehr zum Trendziel entfaltende Staat auf bittere
Art und Weise wieder zum Auswandererland früherer Jahre
zurückentwickelte. Auch ich verließ Portugal nach sechs Stu-
diensemestern im Sommer 2034, da ich ein Stipendium für
ein Masterstudium der Rechts- und Sozialwissenschaften in
Edmonton, Kanada, erhalten hatte. In Kanada machte sich
der Klimawandel ebenfalls bemerkbar, was ich bereits weni-
ge Wochen nach meiner Ankunft am eigenen Leib zu spüren
bekam. So musste ich meine neu bezogene, kleine Wohnung
schnell wieder räumen, da diese zu nah am Ufer des North
Saskatchewan River gelegen war. Als Maßnahme zum Hoch-
wasserschutz infolge der zunehmenden Überschwemmungs-
gefahr hatte man mit der Errichtung neuer Schutzdämme
und der gleichzeitigen Evakuierung der zu dicht am Wasser
siedelnden Bevölkerung begonnen. Noch schwerer zu bewäl-
tigen waren die Herausforderungen aber in anderen Teilen
Kanadas, etwa im Nordwesten, wo der Permafrostboden zu
tauen begann, in den Hochgebirgen, die vermehrt von Über-
hitzung betroffen waren, oder entlang der Küste, wo wie in
Portugal zunehmend Überschwemmungen auftraten. Da das
Land aber parallel zu seinen klimabedingten Problemen zu
einer Wirtschaftsmacht aufstieg, was vor allem an einer im
Hinblick auf den Klimawandel recht zynisch anmutenden In-
tensivierung des Abbaus von Ölsanden und Seltenen Erden
lag, konnte viel Geld in die Menschen vor den Naturgewalten
schützende Maßnahmen gesteckt werden. Zeitweise galt Ka-
nada als eines der in vielerlei Hinsicht sichersten Länder der
Welt und entwickelte sich im Zuge der internationalen Wan-
derungsbewegung zu einem populären Einwanderungsland.
Auch mir wurde von verschiedener Seite geraten, in Kanada zu
bleiben, was ich aber nicht tat. Stattdessen beschloss ich, im
Anschluss an die Beendigung des Studiums im Sommer 2036
nach Deutschland zurückzukehren, wobei ich bis heute nicht

genau weiß, ob ich diese Entscheidung aus Heimweh oder aus einem gewissen Verantwortungsbewusstsein dem Land meiner Kindheit gegenüber traf. Wie auch immer, jedenfalls begann ich an der Universität in Freiburg meine Promotion und arbeitete gleichzeitig als Integrationshelfer, Deutsch- und Englischlehrer für eine Nichtregierungsorganisation in der Stadt. Schnell merkte ich jedoch, dass das Deutschland, das ich aus meiner Kindheit kannte, in dieser Form nicht mehr existierte. Während meiner fünf Auslandsstudienjahre hatte ich mein Elternhaus immer nur kurz über Weihnachten besucht, ansonsten bezog ich, was die allgemeine Entwicklung des Landes betraf, die Informationen aus Bekanntenberichten und den Nachrichten. Wieder für längere Zeit dort zu sein, war selbstredend etwas völlig anderes. Ich sah nun mit eigenen Augen, wie Deutschland unter der Last der aktuellen Probleme zusammenzubrechen drohte. Extreme Wettereinflüsse waren inzwischen auch hier zu einem Alltagsproblem geworden, gleichzeitig kamen aber, seitdem man einige Jahre zuvor das Migrationsrecht überarbeitet und Naturkatastrophen im Herkunftsland als Grund für die Genehmigung von Asyl zugelassen hatte, vermehrt Zuwanderer, deren Heimat aufgrund ebendieser Wetterphänomene bereits unbewohnbar geworden war. Während Kanada die Zuwanderung nutzen konnte, um den Arbeitsmarkt im Sinne des Kampfes gegen die Klimakrise zu erweitern, gelang dies in Deutschland nicht. Das Land versank mehr und mehr im Chaos, und die Wirtschaft geriet von einer Krise in die nächste. Ich wollte irgendwie helfen, jedoch nicht mehr hier leben. Aus diesem Grund entschied ich mich, meine Promotion abzubrechen und mit der in Berlin stattfindenden Ausbildung für den höheren diplomatischen Dienst zu beginnen. Das war im Juni 2037.

Die Ausbildung dauerte insgesamt zwölf Monate und war ein hartes Stück Arbeit. Sowohl einige der fachspezifischen Prüfungen als auch das psychologische Gutachten hätten meiner Übernahme beinahe im Weg gestanden. Doch ich kam durch und wurde Ende Juli 2038 schließlich in den höheren diplo-

matischen Dienst einberufen. Meine erste Station hieß Ägyp-
ten, wo ich fortan für insgesamt vier Jahre an der deutschen
Botschaft in Kairo als Referent für Völkerrecht tätig war.
Von der Arbeit selbst war ich eher enttäuscht, da ich trotz meines
hohen Dienstgrades nur wenig direkten Einfluss auf das Wir-
ken der Bundesrepublik im nordostafrikanischen Staat neh-
men konnte. Zu viele ältere Herren waren mir übergeordnet,
die meine Zuarbeit nur selten wertschätzten und noch selte-
ner ihr Handeln davon beeinflussen ließen. Freude machten
mir in dieser Zeit andere Dinge, etwa die vielen Wochenend-
ausflüge ins eindrucksvolle Nildelta, dessen Schutz und Er-
haltung eines der zentralen klimapolitischen Ziele der ägyp-
tisch-deutschen Zusammenarbeit dieser Tage darstellte. Auf
einem dieser Ausflüge lernte ich die für eine deutsche Nicht-
regierungsorganisation arbeitende Psychologin Laelia Auen-
wald kennen, eine Begegnung, die meine Meinung zu Themen
wie Partnerschaft und Familienplanung nachhaltig veränder-
te. Denn war mir bis dahin nie wirklich klar gewesen, ob ich
jemals Interesse an einer langfristigen Beziehung oder gar
an der Gründung einer eigenen Familie verspüren würde, so
wusste ich nun auf einmal, dass ich beides unbedingt wollte –
und zwar mit Laelia. Wir heirateten im Oktober 2040, nach-
dem bereits sechs Monate zuvor unsere gemeinsame Tochter
Numana zur Welt gekommen war.
Nach vier Jahren in Ägypten stand dann im Frühsommer 2042
der erste Standortwechsel an, der mich an einen der für uns
Europäer wohl exotischsten und gleichzeitig schönsten Orte
der Welt führen sollte: Man versetzte mich in den südostasi-
atischen Inselstaat Osttimor, in dessen Hauptstadt Dili erst
zwei Jahre zuvor eine deutsche Botschaft errichtet worden
war. Die Bundesrepublik hatte damit auf den rasanten Auf-
schwung reagiert, den das Land vor allem mit Blick auf die
Energiewende hingelegt hatte. Mittlerweile erhielt Osttimor
große internationale Aufmerksamkeit wegen seiner raschen
Entwicklung von Methoden zur Gewinnung und Nutzung von
Meeresenergie und geothermischer Energie, und auch Deutsch-

land sah in den gemeinsamen Beziehungen großes Zukunfts-
potenzial. Die junge Botschaft in Osttimor hatte folgerichtig
auch den in Bezug auf seine Mitarbeitenden geringsten Al-
tersschnitt aller deutschen Auslandsvertretungen, mit mei-
nen 29 Jahren zählte ich keineswegs zu den jüngsten Beschäf-
tigten. Ich weiß noch, wie ich Herrn Frederik Blattner damals
an meinem Ankunftstag zum ersten Mal die Hand schüttelte
und beim besten Willen nicht glauben konnte, einen Botschaf-
ter der Bundesrepublik Deutschland vor mir zu sehen. Doch
er als 35-jähriger Chef passte einfach in diese Botschaft und
generell in dieses Land, in dem zu der Zeit eine Aufbruchs-
stimmung herrschte wie in kaum einem anderen Staat auf
der Welt. Für mich sind die drei Jahre in Osttimor bis heute
gleichbedeutend mit einer der besten Zeiten meines bisheri-
gen Lebens. Ich wohnte an einem paradiesischen Ort, hatte
einen Job, der großen Spaß machte und mir das Gefühl gab,
ein zukunftsfähiges Projekt mitzugestalten. Ich war mit mei-
ner Frau zusammen, die drei Monate nach mir auf die Insel
kommen und eine Stelle in einer gemeinnützigen Einrichtung
antreten konnte, sah mein Kind gesund und in Frieden her-
anwachsen, fand in Herrn Blattner meinen besten Freund
und begegnete einer Menge weiterer toller und inspirierender
Menschen – angefangen bei André Alonso, dem sechs Spra-
chen sprechenden Chauffeur aus Mosambik.
Doch auch die Zeit in Osttimor war irgendwann vorbei. Fünf
Monate, nachdem sich Herr Blattner in Richtung Japan ver-
abschiedet hatte, stand im August 2045 auch meine Verset-
zung bevor – es ging nach Nigeria. Ich erhielt eine Stelle als
politischer Referent an der Botschaft in Abuja, eine Aufgabe,
die sich deutlich spannender und wichtiger anhört, als sie es
tatsächlich war. Meine allgemeine Zufriedenheit sank wieder
im Vergleich zur Stationierung in Osttimor, da der Job mich
immer mehr ernüchterte. Hochmotiviert, mit dieser Arbeit
etwas im Sinne meines krisengeplagten Landes bewirken zu
können, war ich damals in den diplomatischen Dienst einge-
treten. Doch hier in Abuja saß ich, wie schon damals in Kairo,

den Großteil des Arbeitstages vor dem Schreibtisch und häm-
merte lustlos auf der Tastatur herum.

Umso mehr freute es mich dagegen, wie gut meine Frauen in
Nigeria Fuß fassen konnten. Laelia fand Anstellung in einer
psychiatrischen Klinik und war von Anfang an mit Feuereifer
dabei, während Numana im Sommer 2046 in eine internati-
onale Schule in Abuja eingeschult wurde und, was mich über-
aus glücklich stimmte, dort sofort Anschluss finden konnte.

Der Gedanke, dass die beiden schon bald wieder von hier fort-
gerissen werden könnten, damit ich an irgendeinem anderen
Zipfel der Welt das tun würde, was ich auch hier tat, nämlich
still und untätig an der Realität vorbeizuarbeiten, störte mich
sehr. Ich begann darüber nachzudenken, aus dem Staatsdienst
auszusteigen und mich über Möglichkeiten zu informieren, in
Nigeria sesshaft zu werden und dort zu arbeiten. Akono Bas-
sey, Chefkoch in der Botschaft und seit einiger Zeit ein guter
Freund, hatte mir bereits Anfang April 2047 die Kontaktda-
ten der Senegalesin Dieynaba Mendy, einer hohen Mitarbei-
terin der Organisation „Western African True Environmental
Research", kurz WATER, gegeben. Die Organisation leitete
mit durchaus beachtlichem Erfolg verschiedene Nachhaltig-
keitsprojekte, unter anderem zur Renaturierung der Land-
wirtschaft in Westafrika, und Mrs. Mendy konnte mir einen
vielversprechenden Posten anbieten. Ich entschied mich, den
diplomatischen Dienst zum Ende der Stationierungslaufzeit
im Juni 2048 zu quittieren und mich mit meiner Familie in
Abuja niederzulassen.

Das war dann also das Ende meiner elfjährigen Tätigkeit im
deutschen Staatsapparat. Das Gefühl, man würde mich au-
ßerordentlich vermissen, wurde mir nicht vermittelt, was
den Abschied natürlich bedeutend erleichterte. Während
des Kündigungsprozesses hatte ich mit verschiedenen farb-
losen Sachbearbeitenden zu tun, die mich auf die finanziellen
und versicherungstechnischen Nachteile hinwiesen, die mit
der Auflösung des Beamtenverhältnisses zwangsläufig ent-
stehen würden. Ein emotionales Bedauern über meinen Ab-

schied war von dieser Seite aber natürlich nicht zu erwarten.
Auch von den Kollegen bei der Botschaft schien keiner ange-
sichts meines Abschieds wirklich bewegt zu sein, als Beschäf-
tigter im Auswärtigen Amt ist man ein ständiges Kommen
und Gehen verschiedenster Menschen schließlich gewohnt.
Zudem hatte ich zu niemandem in der Nigeria-Belegschaft
ein wirklich enges Verhältnis aufgebaut, sodass sich ledig-
lich eine Handvoll Botschaftsmitarbeitende persönlich ver-
abschiedeten und mir ein kleines Präsent überreichten. Ich
bedankte mich und lud die Beteiligten auf ein Glas Zobo, den
traditionellen nigerianischen Rosellensaft, ein. Dann waren
meine Tage als Diplomat im höheren Dienst der Bundesrepu-
blik Deutschland gezählt.
Zwei Wochen später, zum ersten August 2048, wurde ich
bei WATER eingestellt. Ich zog mit Laelia und Numana in
ein kleines Haus mit winzigem Garten im Norden von Abu-
ja, in dem ich mich von Anfang an wohl und heimisch fühlte,
was guttat, denn seit meinem Abschied aus Mitteldeutsch-
land vor mittlerweile 17 Jahren hatte ich nicht mehr das Ge-
fühl gehabt, an einem Ort wirklich zu Hause zu sein. Zum
ersten Mal in meinem Leben reiste ich in diesem Jahr über
die Weihnachtstage auch nicht nach Deutschland, stattdes-
sen lud ich Eltern und Geschwister mitsamt ihren Familien
ein, dem stürmischen Wetter in der Heimat zu entfliehen und
mich im direkten Anschluss an die Feiertage für drei Wochen
in Abuja zu besuchen, wo alle in einer Ferienanlage in direk-
ter Nachbarschaft zu unserem Wohnhaus unterkamen. Den
Verwandten, von denen zuvor noch niemand in Nigeria ge-
wesen war, gefiel es ausgesprochen gut, sie waren begeistert
von der Schönheit des Landes und der lockeren, friedvollen
Stimmung auf den Straßen. Diese Ansicht teilte ich, und
ebenso wie das Land an sich gefiel mir auch die Arbeit in der
Organisation. Sie forderte mich Tag für Tag und gab mir das
Gefühl, tatsächlich einmal etwas wirklich Sinnvolles anzu-
packen, da ich einen durchaus verantwortungsvollen Posten
innehatte. Ich koordinierte und kontrollierte internationale

Forschungsprojekte in Nigeria und in einigen anderen westafrikanischen Staaten, eine Tätigkeit, bei der ich weiterhin
regelmäßig mit Regierungs- und Botschaftsmitgliedern ver-
kehrte. Was die Entwicklung Nigerias als Staat anbelangte,
so hatte das Land neben seinen soziologischen Fortschritten
auch ein bemerkenswertes Wirtschaftswachstum hingelegt
und sich mittlerweile als zentraler Handels- und Forschungs-
partner fest in der internationalen Gemeinschaft etabliert.
Die vielen erfolgreich verwirklichten Umweltschutzmaß-
nahmen sorgten zudem dafür, dass früheren Prognosen bezüglich einer fortschreitenden Umweltzerstörung aufgrund
der exzessiven Ölförderung getrotzt werden konnte. So wurden Nigeria bei einer offiziellen UNO-Expertenkonferenz im
Frühling 2049 als einem der wenigen Staaten weltweit eine
in den vergangenen Jahren gestiegene Lebensqualität und
eine große Zukunftsfähigkeit bescheinigt.

Die Frauen in meinem Leben zeigten sich indes ebenfalls
weiterhin zufrieden mit ihrer Situation – Laelia war inzwischen zur Abteilungsleiterin ihrer Station aufgestiegen, Numana zur Klassensprecherin gewählt und in die Handball-
Schulauswahl aufgenommen worden. Ich sah mich bereits
bis ans Ende meiner Tage glücklich an diesem Ort verweilen,
als ich an einem sonnigen Nachmittag im Dezember letzten
Jahres auf unserem Balkon saß und an einem Anschreiben
feilte, das sich an den Stadtrat von Abuja richten sollte. Ich
wollte darin die Genehmigung neuer Fördergelder für ein
Ozeanforschungsprojekt an der gambischen Atlantikküste
beantragen und war gerade beim Fazit angelangt, als Laelia den Balkon betrat und mir einen Brief von Herrn Blattner überreichte.

In diesem Sinne, Frederik, freue ich mich auf unser baldiges
Wiedersehen.

Sei gegrüßt
Savio

10

Da liege ich nun also, in der Privatabteilung des großen vorstädtischen Krankenhauses am nördlichen Rande Berlins. Einem Ort, der wie kaum ein anderer das Ungleichgewicht verdeutlicht, das im Deutschland der 2050er-Jahre Alltag geworden ist. Auf der einen Seite die Privatabteilung, sauber, gepflegt, modern und mit einem herausragenden Service ausgestattet. Und dann die öffentliche Abteilung, bedeutend größer, bedeutend schäbiger. Zu viele Patienten, zu wenig Personal, dazu Pflege- und Hygienestandards, die im Deutschland meiner Kindheit undenkbar gewesen wären. Doch nicht nur das Krankenhaus selbst, auch seine Umgebung zeugt von diesem Kontrast. Wirft man etwa vom Krankenhausflur aus einen Blick aus dem Fenster, so schaut man in südöstliche Richtung auf ein weitläufig umzäuntes, erst vor wenigen Jahren entstandenes Neubauviertel, das auf der Fläche der ehemaligen Berliner Rieselfelder liegt und aus pompösen weißen Villen besteht, mit denen die dem illustrierten Kreis der Gesellschaft angehörenden Bewohner dem Rest des Landes das eigene Scheitern geradezu unter die Nase zu reiben scheinen. Setzt man sich hingegen in die Kantine und lässt, wie ich es gestern getan habe, den Blick von dort aus über die Landschaft schweifen, sieht man die nordwestliche Umgebung des Krankenhauses. Hier liegt das größte Armenviertel Berlins, das sich zunehmend an den Ufern der kurz vor dem Austrocknen stehenden Arkenberger Seen ausbreitet. Ich muss daran denken, wie SECO und Igre.Change daran gearbeitet haben, den Plan, Menschen wie den Bewohnern dieser Gegend bald ein neues Zuhause zu geben, zunichtegemacht haben, um stattdessen den Villenbesitzern und ihresgleichen auf illegalem Weg zu ermöglichen, sich noch weiter auf ehemals öffentlichem Grund auszubreiten. Finanziert durch Steuergelder.

Gegen 17.30 Uhr klopft es an der Tür, und Sekunden später betritt Frederik das Zimmer. Er sieht ziemlich abgehetzt aus,

Falten und Augenringe in seinen sonst so strahlenden und feinen Gesichtszügen verraten, dass er in den vergangenen Nächten nicht viel Schlaf abbekommen hat. Nach einem kurzen „Hey Savio, was macht die Genesung?" lässt er sich sofort auf den Stuhl vor meinem Bett fallen und atmet erst einmal tief durch. „Frederik", antworte ich, „Wir hätten doch auch telefonieren können. Ich kann mir ja denken, was diese neue Position ..."

Frederik winkt ab: „Bei aller Liebe für den Job", antwortet er, „aber wenn dein bester Freund, mit dem du die vergangenen 24 Monate durch dick und dünn gegangen bist und der sich auf deine Anweisungen hin mehrmals in Lebensgefahr begeben hat, dich um ein Gespräch bittet, in dem er dir sagen möchte, dass er einen Schlussstrich ziehen und den Kontinent verlassen wird, dann solltest du dir genau überlegen, ob du dieses Gespräch nicht doch lieber persönlich und mit Augenkontakt führen möchtest. Ich habe überlegt, und ich möchte."

Ich bin erstaunt und beeindruckt zugleich: „Wie kommst du darauf, dass ich dich über meinen Ausstieg in Kenntnis setzen werde?"

„Ist es etwa nicht so?"

„Also, an sich schon, aber ..."

„Sage ich doch", unterbricht mich Frederik. „Das war mir sofort klar, nachdem ich deine gestrige Nachricht gelesen hatte. Ich denke, mir gelingt es mittlerweile ganz gut, die Stimmung in deinen Worten zu deuten." Er klopft mir freundschaftlich auf die Schulter. „Und es macht ja auch Sinn. Du hast von Anfang klar und deutlich gesagt, dass du deine Zukunft in Nigeria siehst, mit deiner Frau, deiner Tochter und dem Job bei WATER. Deshalb rechne ich es dir echt hoch an, dass du dich trotzdem noch einmal in dieses unsichere Projekt begeben hast. Ob es nun wegen deines altbekannten Gerechtigkeitssinns, deiner Heimatverbundenheit oder wegen mir getan hast, das weiß ich nicht, und es macht am Ende auch keinen Unterschied. Wahrscheinlich steckte in deinen Motiven sowieso von allem ein wenig drin. Wie auch immer, Fakt ist jedenfalls, dass du dir nach langer Zeit auf Reisen nun eine Komfortzone aufgebaut hast, mit einer anspruchs- und bedeutungsvollen, aber wohl ungefährlicheren Tätigkeit und mit Menschen um dich herum, die dir wirklich wichtig sind. Und dass du all dies noch einmal verlassen hast, um hier in Deutschland Verbrecher zu jagen, ist absolut ehrenwert. Besonders wenn man bedenkt, dass du nun schon viel länger hier bist als ursprünglich geplant. Man konnte bereits in den letzten Monaten immer wieder heraushören, wie sehr du dich nach der Rückkehr zu deiner Familie sehntest, und wenn es einmal einen passenden Zeitpunkt für die Verwirklichung dieser Pläne gegeben hat, dann ist das doch genau jetzt, oder nicht? Die Nachricht von deinem Unfall war ein Schock, und ich denke, dir ist spätestens jetzt klargeworden, dass es so nicht mehr weitergehen kann.

Deine Mitarbeit im Projekt hat in großem, vielleicht sogar in entscheidendem Maße dazu beigetragen, Mr. Igre und Mr. Brava endlich an Mrs. Levadas GAEAG-Geheimtruppe auszuliefern. Mehr können wir nun wirklich nicht mehr von dir verlangen. Mittlerweile sind die beiden übrigens an die internationale Polizei überstellt worden, diese durchleuchtet nun alles, was in irgendeiner Form mit der Tätigkeit von SECO und Igre.Change zu tun haben könnte. Aus diesem Grund stehe ich momentan auch so unter Stress, denn wie du weißt, bin ich zum offiziellen Übergangschef von SECO ernannt worden und damit schnell ins Visier der Ermittler geraten, denen ich nun beichten musste, dass ich eigentlich für GAEAG aktiv bin und bei SECO als Undercover eingesetzt werde. Was dich betrifft, so wirst du morgen früh wahrscheinlich auch noch einmal kurz zu unserer Arbeit befragt werden, aber nur routinemäßig. Bleibe bis dahin bitte noch im Krankenhaus, danach kannst du es gerne verlassen, deine Wohnung wird dir noch gute zwei Wochen, also bis Ende des Monats, zur Verfügung stehen. Ich würde dich bitten, zeitnah zwei Kündigungsschreiben aufzusetzen – eines für GAEAG, das kannst du an Mrs. Levada senden, und ein zweites, nur der Form halber, für SECO, das geht an mich. Bis du das Land sicher verlassen hast, werden wir dir selbstverständlich Personenschutz an die Seite stellen, um auszuschließen, dass dir hier noch etwas zustößt."

„Beruhigend", sage ich augenzwinkernd, werde aber sofort wieder ernst: „Mit allem, was du eben gesagt hast, hattest du Recht, Frederik. Und ich denke, du verstehst mich, auch ohne weitere Erklärungen. Ich danke dir für deine Worte und für dein Verständnis. Weißt du eigentlich, wie deine Zukunft aussehen wird?"

Frederik zuckt mit den Schultern: „Ich habe die Entscheidung getroffen, mich hier in Berlin niederzulassen. Die Wohnung, für die ich momentan noch Miete zahlen muss, werde ich kaufen. Vielleicht gründe ich in ein paar Jahren auch noch eine Familie hier, mal schauen, was sich ergibt. Meine Tätigkeit bei GAEAG werde ich fortsetzen, da wird es noch einiges zu tun geben. Schon jetzt haben wir dank des Rätsels um Liana einen neuen Fall, und der könnte noch richtig interessant werden."

Nachdem Frederik gegangen ist, sitze ich noch eine Weile da und denke über seine Worte nach. Ich bin dankbar, ihn als Freund zu haben. Seine Menschenkenntnis ist immer wieder erstaunlich, vor allem, da sie ihm wahrlich nicht auf die Stirn geschrieben steht.

Später greife ich zum Telefon, da ich noch einige Gespräche zu führen habe. Ich rufe Laelia an, um ihr und Numana die frohe Kunde meiner baldigen Rückkehr zu übermitteln. Auch mit meinen Eltern telefoniere ich. Anschließend buche ich den Flug – der nächste verfügbare geht erst in zwei Wochen. Aus diesem Grund rufe ich meine Eltern ein weiteres Mal an und frage, ob ich sie vorher noch für eine Woche besuchen kommen kann. Sie leben beide noch im Haus meiner Kindheit und freuen sich sehr, dass ich vorbeikommen möchte. Sie schlagen vor, auch Rico und Sonja einzuladen, meine Geschwister. Ich greife den Gedanken sofort auf und kontaktiere beide noch am selben Abend. Wir telefonieren sehr lange, und beide versprechen vorbeizukommen. Da Rico in Kopenhagen lebt und Sonja in Luzern, müssen sie noch abklären, ob auch ihre jeweilige Familie mit dabei sein wird, wollen sich diesbezüglich aber in naher Zukunft melden. Als ich mich schließlich von Sonja verabschiedet habe und auf die Uhr schaue, sehe ich, dass es bereits kurz vor halb elf ist und damit Zeit, sich hinzulegen.

Abermals schlafe ich ziemlich unruhig. Ich werde mehrmals wach, komme nur schwer wieder zur Ruhe und gebe es um 5 Uhr morgens schließlich auf. Ich lege die Bettdecke beiseite, stehe auf und trete ans Fenster. In den frühen Samstagmorgenstunden des heutigen Apriltages liegt der Berliner Norden schon recht belebt vor mir. Auf der Krankenhausanlage herrscht zwar noch nicht viel Betrieb, doch die große Fernverkehrsstraße im Hintergrund ist bereits ziemlich befahren. Außerdem dringen gedämpfte Beats vom Arkenberger Seenviertel herüber, die darauf schließen lassen, dass die ein oder andere Freitagabendparty noch in Gang ist. Ich wende den Blick wieder vom Fenster ab und gehe auf den Tisch zu, wo ich meinen Laptop in Gang bringe, um die Kündigungsschreiben an GAEAG und SECO zu verfassen.

Später, nach dem Frühstück, das mir heute von einem riesengroßen, muskelbepackten Pfleger mit dem Namen Lüttenberg gebracht wird, drehe ich eine kleine Runde durch den Krankenhausflur und stelle zu meiner großen Zufriedenheit fest, dass ich wieder fast vollständig bei Kräften bin. Gleiches bestätigt auch Dr. Laurberg nach dem abschließenden Kontrollgang – nach vier Tagen darf ich das Krankenhaus also mit offizieller Genehmigung wieder verlassen.

Kurz nachdem Dr. Laurberg gegangen ist, bekomme ich wie von Frederik angekündigt Besuch von zwei Beamten der internationalen Polizei, die mich im Fall SECO befragen wollen. Das Ganze läuft ohne größere Querelen ab, sodass ich kurze Zeit später in Begleitung der beiden nach draußen treten kann. Sie bedeuten mir, in ihren Polizeiwagen zu steigen und bringen mich zu meiner Wohnung, vor der sie sich dann schließlich verabschieden. Kaum sind die beiden gefahren, tritt ein anderer Mann auf mich zu, offensichtlich ab sofort mein persönlicher Bewacher. Der Mann macht einen ruhigen und ziemlich selbstsicheren Eindruck. Er ist mittelgroß, schlank und trägt eine breite, schwarze Sonnenbrille über der etwas schiefen Nase. Seine Haare sind hellblond bis weiß, und als er mir die Hand gibt, stellt er sich mit einer kräftigen Stimme vor: „Bieschforte. Jens."

Ich ziehe meinen Wohnungsschlüssel aus der Bauchtasche, schließe die Tür auf und bedeute ihm, mir zu folgen. Meine Wohnung liegt im sechsten und damit höchsten Stockwerk eines grün-weiß verputzten, kastenförmigen Mehrfamilienhauses im Südosten Berlins. Die Wohngegend, in der sich das Haus befindet, ist erst vor wenigen Jahren errichtet worden und besteht aus zahlreichen solcher Kästen, einer dem anderen detailgenau gleichend. Wahrlich keine Augenweide, aber unkompliziert und zweckmäßig, außerdem eine hohe Energieeffizienzklasse besitzend. Die Wohnung, zu der uns ein breiter Fahrstuhl hinaufbringt, ist eines von drei Dachgeschossappartements im mittleren Teil des Hauses. Sie besitzt eine Wohnfläche von etwa 40 Quadratmetern und wird von einem schmalen Flur durchzogen, zu dessen linker Seite Wohnzimmer, Bad und eine Abstellkammer liegen, während sich rechts die Küche und das Schlafzimmer befinden. Alle Zimmer besitzen einen durchgehend weißen Anstrich, und auch Decke und Bodenfliesen sind in dieser Farbe gehalten. Als ich vor zwei Jahren hierhergekommen bin, war die Wohnung bereits vollständig möbliert, und zwar mit ausschließlich schwarzen Möbeln. Ich habe versucht, die Räume mit Zimmerpflanzen und Fotografien ein wenig bunter zu machen, konnte damit aber nicht wirklich das Gefühl der Kühle und Anonymität überdecken, das die Wohnung von Anfang an ausgestrahlt hat. Insofern kann ich mir Tag für Tag ins Gedächtnis rufen lassen, dass ich eigentlich an einem anderen Ort zu Hause bin.

Wenn man durch das Wohnzimmer hindurchgeht und an der hinteren Wand die Schiebetür öffnet, gelangt man auf einen winzigen Balkon, der so gerade Platz lässt für zwei Stühle und eine kleine Wäscheleine. Der Balkon bietet einen weitläufigen Panoramablick auf eine Landschaft, die kein Panorama mehr besitzt. Früher hat sich hier der große Regionalark Müggel-Spree befunden, doch das ist lange her. Wer heute auf dem

Balkon steht, blickt nur noch auf eine sich hinter der Siedlung ausbreitende und in endlosen Weiten verlierende, verdorrte Strauchlandschaft hinunter. Ebenso wie die private Krankenversicherung war auch die Wohnung in meinen Arbeitsvertrag integriert, weshalb das Gesamtpaket aus Job und Nebenkonditionen, das mir hier zwei Jahre lang geboten wurde, durchaus als attraktiv zu bezeichnen ist, gerade in diesen Zeiten. Was Bieschforte anbelangt, so stelle ich fest, dass er ein sehr wachsamer, aber ziemlich in sich gekehrter Beobachter ist. Ich frage ihn, ob er sich zu mir ins Wohnzimmer gesellen möchte, biete ihm Abendessen an, doch er lehnt beides dankend ab und hält sich vorrangig im Hintergrund. Einmal höre ich ihn leise telefonieren, ansonsten bekommt man von seinem Schaffen nicht viel mit. Was mir eigentlich recht ist, denn so kann ich mich in Ruhe einigen der Dinge widmen, die bis zu meinem Auszug auf jeden Fall noch erledigt werden müssen. Zuallererst tätige ich die Vorauszahlung für den Flug, anschließend beginne ich, diverse im Laufe der vergangenen zwei Jahre getätigte Abonnements und geschlossene Verträge fristgemäß zu kündigen. Auch fange ich schon einmal damit an, die ersten Schränke leerzuräumen und mir einen generellen Überblick darüber zu verschaffen, was ich noch alles tun muss, um die Wohnung am kommenden Freitag, also in sechs Tagen, mit gutem Gefühl räumen zu können. Die letzten sieben Tage vor dem Rückflug, so der Plan, werde ich dann bei meinen Eltern verbringen, ehe ich am übernächsten Freitag schließlich in Richtung Flughafen aufzubrechen gedenke.

11

Die nächsten Tage gehen schnell vorüber. Zu meiner großen Erleichterung stelle ich fest, dass ich meinen Zusammenbruch tatsächlich ohne gesundheitliche Folgen überstanden zu haben scheine. Ich fühle mich fit und versuche, die Tage mit möglichst viel Bewegung und frischer Luft zu füllen. So mache ich Spaziergänge, gehe einkaufen und joggen. Bieschforte nimmt derweil seine Rolle als persönlicher Beschützer sehr ernst und begleitet mich auf Schritt und Tritt. Ins Gespräch kommen wir dabei nur hin und wieder, etwa an einem kühlen Morgen Mitte der folgenden Woche, an dem ich die frische Brise für einen Spaziergang durch die verdorrten Reste des Regionalparks nutze und Bieschforte mir unerwartet eine Frage stellt: „Gibt es einen bestimmten Grund dafür, dass Sie in Zukunft mit Ihrer Familie in Nigeria leben wollen? Warum nicht mehr in Deutschland?"

Ich bin überrascht und erfreut zugleich über das persönliche Interesse. „Das ist gar nicht so einfach zu beantworten. Ich habe mittlerweile in sechs Ländern auf vier verschiedenen Kontinenten gelebt, doch irgendwie fühlte ich mich immer auf der Suche, befand mich stets auf einer Art Reise, die noch nicht zu Ende war. Auch in Deutschland konnte ich, seit ich das Land damals als 18-Jähriger verlassen hatte, einfach nicht mehr heimisch werden, das merkte ich jedes Mal, wenn ich wieder zurückkam. Ob es sich in Nigeria von Anfang an anders anfühlte, kann ich gar nicht mehr so genau sagen. Meine Frau und meine Tochter fühlten sich dort sehr wohl, dazu der interessant klingende Job, der mir angeboten wurde. Am Anfang sah ich das Land wohl noch nicht als mein Zuhause an. Mittlerweile schon. Es ergab sich eben so, das mit dem Sesshaftwerden. Hier in Deutschland ergab es sich nie."

Bieschforte nickt verständnisvoll.

„Wie ist es mit Ihnen?", frage ich zurück. „Was hat Sie dazu bewogen ...?"

In der Hosentasche des Sicherheitsmannes vibriert ein Handy. Er hebt entschuldigend die Hand, zieht das Gerät aus der Tasche und wendet sich dem Telefonat zu. Ebenso unvermittelt, wie er begonnen hat, ist unser kleiner Smalltalk damit wieder vorbei.

Meine Kündigungen werden vonseiten beider Organisationen schnell bestätigt, wobei momentan gar nicht wirklich klar ist, wie lange SECO noch weiterexistieren wird. Vielen der Mitarbeitenden konnte bereits ein Mitwissen in Bezug auf die gesetzeswidrigen Geschäfte nachgewiesen werden, andere wurden wie ich zu Aufklärungszwecken von diversen staatlichen und nichtstaatlichen Organisationen in das Projekt eingeschleust. Die Freiwilligenteams werden von ihren Entsendestützpunkten zunehmend vom Einsatz abgezogen, seitdem es sich herumgesprochen hat, für welchen Zweck ihre Arbeitskraft missbraucht worden ist.

Frederik erzählt all dies, als er mir am Donnerstagabend, dem Abend vor meinem Aufbruch in Richtung Elternhaus, noch einen Abschiedsbesuch abstattet. Er wird von Zander, Magalhães, meinem ehemaligen Ersatzmann Dilip und einer Frau begleitet, die sich als Aurélia Londer vorstellt. Mrs. Londer ist die Übergangsvorsitzende von Igre.Change und macht einen sehr kultivierten Eindruck. Sie ergänzt, dass es in ihrer Firma ähnlich zugehe, auch sie könne kaum noch erkennen, welche Kollegen tatsächlich ehrlich für das Unternehmen gearbeitet hätten und welche nicht. Irgendwann versuchen wir, das Gespräch auch noch auf andere Gesprächsthemen als die Arbeit zu lenken, was uns nach ein paar Gläsern Weißwein schließlich auch gelingt. So wird es noch ein schöner Abend, bis es gegen Mitternacht schließlich an der Zeit ist, sich zu verabschieden.

Als die anderen bereits auf den Fahrstuhl warten, kommt Frederik noch einmal zurück und klopft mir auf die Schulter. „Leb wohl, mein Freund", raunt er mir zu. Dann verlässt auch er meine Wohnung.

Am nächsten Morgen geht es los in Richtung Mitteldeutschland. Bevor ich neben Bieschforte auf dem Beifahrersitz seines bereits etwas in die Jahre gekommenen Elektrokleinwagens Platz nehme, halte ich noch einmal inne und blicke nach oben in Richtung meiner Wohnung, wo bereits die ersten Sonnenstrahlen des Tages zum Fenster hineinfallen. So kühl und unpersönlich dort auch alles gewesen ist, leicht fällt mir der Abschied nach immerhin zwei Jahren keineswegs. Aber was sein muss, muss sein, sage ich mir und steige mit einem abschließenden Seufzer ins Auto. Bieschforte gibt Gas, und ich überlege bei mir, dass er unabhängig von seiner etwas unnahbaren Persönlichkeit bislang einen wirklich guten Job macht. Ich fühle mich ausgesprochen sicher in seiner Obhut und hoffe sehr, dass es bis zu meinem Abflug keine unschönen Zwischenfälle mehr geben wird.

Nachdem wir den Stadtverkehr hinter uns gelassen haben, sind wir für gute zwei Stunden auf der alten Autobahn unterwegs. Wir passieren vertrocknete Rapsfelder, die mir endlos vorkommen, fahren an kranken Buchenwäldern vorbei und kreuzen kleine Städte und Dörfer, die langsam zum Leben erwachen. Auch Solar- und Windparks, zum Teil nicht mehr in Betrieb, liegen auf unserem Weg. Wie jedes Mal, wenn ich mich den Orten meiner Kindheit nähere, werden die Erinnerungen in mir wieder zum Leben erweckt. Als wir schließlich gut zehn Kilometer vor der Ausfahrt den städtischen Hausberg zu unserer Linken erblicken können, muss ich an ein Ereignis zurückdenken, das nun schon 25 Jahre zurückliegt.

Es war ein kalter Februarmorgen, der zentimeterhoch liegende Schnee glitzerte in der morgendlichen Wintersonne. Ich hatte meine wärmsten Kleidungsstücke übergezogen und stapfte in Winterstiefeln über den verschneiten Hof, um meine Skiausrüstung aus dem Schuppen zu holen. Mit Dominik und Malcolm, zwei meiner besten Kumpel, hatte ich mich zu einem Skitag auf dem etwa 20 Busminuten entfernten Hausberg verabredet. Wir trafen uns am Marktplatz, von wo der Bus wie jeden Tag um 9 Uhr in der Früh abfuhr. Die beiden saßen bereits im wartenden Fahrzeug und feixten, als ich, wie immer in Eile, in letzter Sekunde angelaufen kam und mit hochrotem Kopf dazustieg.

Obwohl es Samstag war und noch so früh am Morgen, war der Bus bereits ordentlich gefüllt, mehrheitlich mit Touristen aus weiter nördlich gelegenen Gebieten Deutschlands, die ihren Winterurlaub im Mittelgebirge verbrachten. Da die meisten unserer Skipisten für Einsteiger geeignet waren, hatte man das touristische Angebot stark auf Familien ausgerichtet, was die vielen Kinder im Bus erklärte, die unruhig auf ihren Sitzen hin und her rutschten und lautstark die Ankunft herbeisehnten.

Mit der Entscheidung, die Haltestelle am Hausberg für den Ausstieg zu wählen, waren wir nicht allein – bis auf zwei ältere Frauen verließen alle Fahrgäste hier den Bus und fluteten die ohnehin schon recht gut gefüllte Piste. Von Winter zu Winter wurden es mehr Leute, die hierherkamen. Und die Zeiten, in denen für den Großteil der Besucher ein gesundes Ausschlafen noch zum Urlaub dazugehört und man die Berge zumindest in den Morgenstunden für sich gehabt hatte, schienen offenbar ebenfalls der Vergangenheit anzugehören.

Da einige der Touristen noch an den Leihstationen für Skiausrüstung feststeckten, konnten wir zumindest einen kleinen Nutzen aus unserem Heimvorteil ziehen und marschierten an ihnen vorbei auf direktem Weg zum Lift, der uns nach oben brachte. Wir starteten. Ein paar lockere Runden auf den Einsteigerbahnen, einige weitere entlang der Fortgeschrittenenstrecken, dann wurde es uns bereits zu voll und irgendwie auch zu langweilig.

„Wir sind doch jetzt warm, oder?", lachte Malcolm, als wir uns nach einer raschen Abfahrt wieder einmal am Ende der immer größer werdenden Schlange vor dem Lift einfinden mussten. Malcolm war immer der Aufgeweckteste von uns dreien gewesen. Mit seiner Größe, der polternden, manchmal etwas vorlauten Stimme und den rotgelockten Haaren nahm man ihn schneller wahr als Dominik oder mich, die wir eher kleingewachsen und etwas zurückhaltender waren. Oftmals war er es auch, von dem die Idee zu einer Dummheit gestammt hatte, die wir dann später alle gemeinsam ausbaden mussten. Heute sprach er aber ausnahmsweise genau das aus, was auch Dominik und ich bereits im Kopf hatten: „Ich denke, es ist Zeit für die Schräglage. Was meint ihr?"

„Schräglage" war unsere Bezeichnung für eine nicht als offizielle Skipiste ausgeschriebene, ziemlich steile Abfahrt, die sich etwas unterhalb der offiziellen Routen befand. An ihren Anfangspunkt gelangte man, wenn man einem den Hausberg mit dem benachbarten Gipfel verbindenden Pfad für knapp einen halben Kilometer folgte. Wir hatten diese Abfahrt schon häufiger genommen, sie bot größere Action und bedeutend mehr Privatsphäre als die offiziellen Pisten. Am Ende konnte man einen Bogen in Richtung des Hausberges fahren, sodass man dann schließlich etwa 200 Meter vom Lift entfernt wieder herauskam.

„Du sagst es!", rief ich Malcolm zu, und auch Dominik nickte zustimmend. Oben angekommen, nahmen wir daher unsere Skier in die Hand und liefen zu Fuß in Richtung Schräglage.

Etwa auf halbem Weg bekam unsere Stimmung dann einen unerwarteten Dämpfer: Wir kamen nicht mehr weiter. Waren wir zwei Wochen zuvor noch ohne Probleme zur Schräglage gelangt und von dort aus eine Abfahrt nach der anderen angegangen, so mussten wir dieses Mal ernüchtert feststellen, dass das Areal großflächig mit einem grauen, meterhohen Bauzaun abgesperrt war, auf dem in regelmäßigen Abständen weiße, mit „Betreten verboten" beschriftete Metallschilder angebracht waren. Enttäuscht blieben wir vor einem dieser Schilder stehen und schauten uns ratlos an. Das hatten wir uns mit Sicherheit anders vorgestellt.

„Was soll das denn?", rief Malcolm empört. „Warum sperren sie denn die Schräglage ab?"

„Wahrscheinlich hat irgendjemand uns hier fahren sehen und sofort beim Bürgermeister gepetzt", meinte Dominik. „Besser, wir gehen zurück zur Hauptschanze, bevor es noch Ärger gibt."

Das war nicht die Antwort, die Malcolm hören wollte. „Sehe ich aus, als würde ich mir meinen Spaß nehmen lassen, nur weil so'n dahergelaufener Spießer, wahrscheinlich einer von den ganzen Touris hier, nichts Besseres zu tun hat als den großen Sheriff von weit her zu spielen?"

In Momenten wie diesem brauchte es Fingerspitzengefühl im Umgang mit Malcolm, der schnell die Nerven verlieren konnte. Ein falsches Wort genügte dann oftmals, um ihn vollständig aus der Fassung zu bringen. Ganz behutsam ging ich daher auf ihn zu und fragte: „Was ist denn dein Plan?"

„Ganz einfach", erwiderte Malcolm. „Ich werde da jetzt rüberklettern und mir anschauen, was es dort gibt, um das man einen Zaun bauen muss."

Ich schüttelte den Kopf. „Das wirst du nicht machen. Der Zaun ist über drei Meter hoch."

„Hast du etwa vergessen, dass ich Landesmeister im Sportklettern bin?"

Dominik, wie immer der Vorsichtigste unserer Gruppe, mischte sich ein: „Was ist, wenn jemand vorbeikommt und sieht, wie du hier herumturnst, ohne irgendeinen Grund?"

Malcolm grinste spöttisch. „Wer sagt denn, dass ich keinen Grund habe? Mir ist dort was verlorengegangen, das muss ich eben wiederholen."

Mit diesen Worten griff er kurzerhand nach seinem auf dem Boden liegenden rechten Ski, nahm ein paar Schritte Anlauf und schleuderte ihn über den Zaun. Während Dominik und ich noch staunend gen Himmel schauten, hob Malcolm bereits den linken Ski an, holte erneut aus – und hielt im Wurf inne. Kopfschüttelnd und mit großen Augen folgten wir seinem Blick und sahen, wie der bereits auf die andere Seite beförderte Ski nicht auf der Schneeschicht liegenblieb, sondern sie mit einem klatschenden Geräusch durchdrang und unterging.

„Bitte ... Was?", stammelte Malcolm, der als Erster die Sprache wiederfand. „Seit wann ist denn Schnee flüssig?"

Dominik, jetzt ebenfalls aus der Schockstarre erwacht, antwortete: „Das weiß ich auch nicht. Aber Leute", die Nervosität stand ihm mittlerweile ins Gesicht geschrieben, „lasst uns hier jetzt bitte einfach ganz schnell abhauen, okay?"

„Aber mein Ski ...", warf Malcolm ein.

„Sofort!", rief ich, nun ebenfalls hellwach, und packte den verhinderten Kletterer am Armgelenk. Wir rannten zurück, bis wir wieder am Hausberg waren, wo wir uns keuchend in den Schnee fallen ließen.

12

„Da wären wir", sagt Bieschforte und betätigt den rechten Blinker. Ich schaue aus dem Fenster und sehe, wie wir von der Autobahn abfahren. Bieschforte folgt dem Streckenverlauf und fährt in einen Kreisverkehr, in dem er die erste Ausfahrt nimmt und in westliche Richtung auf die Landstraße abbiegt. Ich werfe einen Blick auf die Uhr: kurz vor neun. Wenige Minuten noch, dann werde ich wieder vor dem Haus stehen, in dem ich die ersten 18 Jahre meines Lebens verbrachte. Während der zwei Jahre bei GAEAG habe ich meine Eltern nur einmal dort besucht, und das ist nun auch schon wieder fast anderthalb Jahre her. Im vergangenen Jahr kamen die beiden außerdem für ein paar Tage zu mir nach Berlin, ein drittes Mal sahen wir uns Anfang dieses Jahres bei Sonjas Geburtstagsfeier in Luzern. Viel zu selten für immerhin zwei Jahre, in denen wir keine 300 Kilometer Luftlinie voneinander entfernt gelebt haben.

Rico und Sonja werden voraussichtlich morgen im Laufe des Vormittags eintreffen und dann beide für zwei Nächte bleiben – länger haben sie so kurzfristig nicht freibekommen. Da beide mit der ganzen Familie und daher insgesamt zu siebt kommen werden, haben sie gemeinsam ein kleines Ferienhaus im Nachbarort gemietet, in dem für alle genügend Platz ist. Das letzte Mal, dass wir uns in dieser Runde bei meinen Eltern zusammengefunden haben, war vor sechseinhalb Jahren, an Weihnachten 2045. Da waren auch Laelia und Numana dabei, was dieses Mal leider nicht möglich ist. Ich schlucke. Eine Woche noch, dann habe ich die beiden endlich wieder.

„Ist sicherlich eine schöne Sache, so ein Treffen mit der ganzen Familie", sagt Bieschforte, als wir an einer roten Ampel halten.

„Das ist es definitiv", antworte ich. „Besonders, wenn man sich so selten sieht wie wir."

Die Ampel schaltet auf Grün, und Bieschforte setzt den Wagen wieder in Bewegung. „Verstehe", nickt er und räuspert sich, ganz so, als wolle er zu einer längeren Rede ansetzen. „Verstehe", sagt er ein zweites Mal und scheint zu überlegen, wie er das Gespräch fortsetzen kann.

Ich komme ihm zu Hilfe: „Wie ist es eigentlich bei Ihnen: Haben Sie Familie?"

Etwas unsicher blicke ich zu ihm herüber. Aus Erfahrung weiß ich, dass diese Frage nicht immer und bei jedem Frohsinn erzeugt. In diesem Fall scheint diese Sorge aber unbegründet zu sein. Bieschfortes Gesicht hellt auf und er möchte gerade etwas erwidern, als wir nahezu im selben Augenblick bemerken, wie uns ein Polizeiauto überholt. Auf der Heckscheibe des Wagens steht in Großbuchstaben „Bitte Folgen".

Bieschforte brummt verärgert, tut aber, wie ihm geheißen und folgt dem Auto auf den nächstgelegenen Parkplatz, wo beide Fahrzeuge zum Stehen kommen. Der Parkplatz ist eigentlich nicht wirklich ein Parkplatz, sondern eher eine große Schotterfläche, die durch eine Art Hecke von der Straße getrennt ist. Außer den unliebsamen Verfolgern und uns ist niemand hier. Aus dem Polizeiwagen steigt ein Mann mittleren Alters. Er ist um die ein Meter achtzig groß, hat dunkelblonde, zurückgegelte Haare und trägt eine faltenlose blaue Uniform. Ihm folgt ein zweiter Polizist, der sein Zwillingsbruder sein könnte. Im Gleichschritt kommen die beiden auf unser Auto zu, und während einer vor der Windschutzscheibe stehenbleibt und zu einem Notizblock greift, geht der andere lässig um das Auto herum und tritt schließlich auf der Fahrerseite ans Fenster. Genervt lässt Bieschforte die Scheibe herunter.

Der Polizist beugt sich grinsend durch das geöffnete Fenster und sagt betont höflich: „Einen wunderschönen guten Tag, die Herren. Wenn ich Sie doch bitten dürfte, mir einmal Ihre Papiere auszuhändigen?"

Mit unfreundlichem Blick zieht Bieschforte einen mit Führerschein, Fahrzeugpapieren und Personalausweis gefüllten Umschlag aus dem Handschuhfach und händigt alles seinem Gegenüber aus. Der nimmt die Dokumente lächelnd entgegen und studiert sie mit übertriebener Sorgfalt. „Alles okay so weit", sagt er schließlich und gibt den Umschlag an Bieschforte zurück, der ihn wortlos entgegennimmt und die Fensterscheibe wieder schließen will.

„Moment noch", sagt der Polizist, und seine Stimme kommt mir plötzlich verändert vor. Ich schaue hoch, und auf einmal fällt mir die kleine Weltkarte auf, die auf seinen rechten Ärmel genäht ist. Ich öffne den Mund und schließe ihn wieder, als ich sehe, wie er eine Pistole zückt und den Lauf auf Bieschfortes Schläfe richtet.

„So, mein Lieber." Ein kurzes Klicken verrät, dass die Waffe nun entsichert ist. „Und jetzt gehen mal bitte ganz brav die Hände nach oben."

13

So sehr ich es auch versuchte, ich konnte die Sache einfach nicht ruhen lassen. Wieder und wieder ging es mir durch den Kopf, wie Malcolm seinen Ski über den Zaun geworfen hatte und dieser dann, einfach so, mit diesem klatschenden Geräusch im Schnee versunken war. Wenn es denn wirklich Schnee gewesen war, der dort die Oberfläche bedeckt hatte. Ich fasste den Plan, noch einmal die Schräglage aufzusuchen und mir das Ganze genauer anzuschauen. Am kommenden Donnerstag würde ich nur zwei Unterrichtsstunden haben, da sowohl mein Deutschlehrer als auch meine Geschichtslehrerin krankheitsbedingt fehlten. Ich würde direkt von der Schule aus mit dem Bus zum Hausberg fahren und mich gute zwei Stunden lang in der Gegend aufhalten können. Dann könnte ich mit derselben Buslinie zurückfahren und wäre immer noch vor meinen Eltern wieder zu Hause. Ich überlegte, ob ich Malcolm oder Dominik in meinen Plan einweihen sollte, entschied mich aber dagegen. Malcolm besaß einfach nicht genügend Feingefühl und Selbstbeherrschung, als dass man ein Vorhaben dieser Art mit ihm angehen konnte. Womöglich würde er wieder die Nerven verlieren und dann etwas Unüberlegtes tun, vor allem in Anbetracht dessen, dass er seit dem Zwischenfall besonders reizbar war. Wahrscheinlich hatte es Ärger mit seinen Eltern wegen des verlorenen Skis gegeben. Gut möglich, dass auch Malcolm noch einmal zur Schräglage fahren und dort Nachforschungen anstellen würde. Das sollte er dann aber ohne mich machen, wenn er es nicht bereits getan hatte. Was Dominik betraf, rückte ich ebenfalls von dem Gedanken ab, ihn in mein Vorhaben einzuweihen. So sehr ich ihn und seine sachliche Argumentationsweise auch schätzte, manchmal war er mit seiner Zögerlichkeit und seinen fortwährenden Bedenken schlichtweg ein Klotz am Bein. Nein, das hier würde ich allein durchziehen.

Der Donnerstag kam schneller als erwartet. Bevor ich in Richtung Schräglage aufbrechen konnte, musste ich aber zunächst noch zwei Stunden Mathematik über mich ergehen lassen, und die zogen sich hin. Der Unterricht fand beim Direktor statt, der es wieder einmal schaffte, uns mit seinen Weisheiten, die ich trotz größter Bemühungen einfach nicht verstand, an den Rand der Verzweiflung zu bringen. Als dann endlich die Pausenklingel ertönte, sprang ich sofort auf, raffte meine Sachen zusammen und stand als Erster an der Tür. Ungeduldig wartete ich darauf, dass uns der Direktor nach draußen entließ. Als es schließlich so weit war, spurtete ich los.

„Savio", rief jemand hinter mir. „Warte!"

Unwillig drehte ich mich um und sah, wie Dominik hinter mir herhetzte. „Gehen wir noch zusammen in die Stadt?"

Dominik wohnte wie viele meiner Mitschüler auf dem Land und war daher auf den Bus angewiesen, der aber erst nach der fünften Unterrichtsstunde wieder fahren würde. Bis dahin musste er sich die Zeit irgendwie anderweitig vertreiben. Ich kratzte mich am Kopf und suchte nach einer passenden Ausrede. „Sorry", sage ich schließlich, „aber ich muss den Bus in Richtung Hausberg nehmen, der in einer Viertelstunde abfährt. Habe da im Ort noch einen Termin. Nächstes Mal bin ich aber sicher wieder dabei."

Glücklicherweise hakte Dominik nicht weiter nach, um was für einen Termin es sich handelte, sondern nickte nur kurz und verständnisvoll. „Alles klar, kann man nichts machen. Dann viel Spaß, wir sehen uns morgen wieder."

Ich bestätigte das und machte mich auf den Weg zum Busbahnhof, wo ich kurze Zeit später in die 81 stieg, die wie immer zum Hausberg fuhr. Bis auf mich und zwei Klassenkameraden, die mehr Glück gehabt hatten als Dominik und schon jetzt in ihr Dorf zurückfahren konnten, war der Bus zunächst leer, was sich an der nächsten Haltestelle, dem großen Sporthotel, aber rasch änderte. Man merkte, dass in vielen Bundesländern die Ferien noch mitten in Gang waren, die Zahl der Skiurlauber war nach wie vor hoch. Zusammen mit den Touristen stieg ich am Hausberg aus und steuerte dort auf direktem Weg die Schräglage an. Zu meiner Erleichterung blieben alle anderen wieder auf den offiziellen Pisten, sodass niemand sonst diesen Weg einschlug.

Verlassen und im Schatten des dichten Tannenwaldes lag sie da, die Schräglage. Noch immer war alles großflächig eingezäunt. Ich überlegte, wie ich am besten vorgehen konnte. Ein kurzer Blick auf die Uhr sagte mir, dass ich bis zur Rückfahrt des Busses noch gute zwei Stunden Zeit haben würde und damit keinerlei Stress oder dergleichen. Ich beschloss, die Umzäunung zunächst einmal von außen zu umrunden und zu schauen, ob ich dabei womöglich schon etwas Verdächtiges bemerken würde. Ich bog nach rechts ab und folgte dem Zaun, der nach etwa 100 Metern eine Biegung nach unten machte. Bis hierhin war nichts Auffälliges zu erkennen gewesen, es sah aus, wie es hier nun einmal aussah: eine schneebedeckte, sich serpentinenartig nach unten schlängelnde Bahn, umgeben von hohen Tannen, die komplett zugeschneit waren. Ich folgte der Biegung und begann mit dem Abstieg. Etwa 200 Meter wanderte ich abwärts, ohne etwas Ungewöhnliches festzustellen. Wenn ich ehrlich mit mir war, dann wusste ich eigentlich auch gar nicht so genau, wonach ich überhaupt suchte.

Mit zunehmendem Abstieg verdichtete sich der Tannenwald auf der rechten Seite mehr und mehr, während das eingezäunte Schräglagenareal nach wie vor friedlich zu meiner Linken lag. Ich blieb stehen, griff nach einem dünnen Stock, der vor mir im Schnee lag, und steckte ihn durch das Gitter hindurch. Ich presste den Stock in den Boden und sah, dass er sich erwartungsgemäß in den Schnee bohrte und schließlich irgendwann nicht mehr weiterkam. Eine flüssige Masse, in der ein Gegenstand wie Malcolms Ski einfach hätte untergehen können, war dieser Schnee hier keineswegs. Ich zog den Stock wieder heraus und ging weiter bergab. Der Boden war nun zunehmend vereist und ich musste mich am Zaun festhalten, um nicht auszurutschen. Nach weiteren 100 Metern vernahm ich auf einmal ein leises, quietschendes Geräusch, das von irgendwo unterhalb kommen musste. Ich erschrak und hätte beinahe das Gleichgewicht verloren, konnte aber gerade noch die Balance halten. Konzentriert begutachtete ich das Gelände, doch es war nichts Auffälliges zu erkennen. Ich beschloss, meinen Weg fortzusetzen und dem Geräusch zu folgen. Dicht an den Zaun gedrängt und aufmerksam lauschend, ging ich weiter bergab. Das Geräusch wurde lauter und lauter, ich schien ihm immer näher zu kommen. Plötzlich geriet der Zaun ins Pendeln. Ich fuhr herum und ließ für einen Augenblick das Geländer los. Beim Versuch, mich wieder daran festzuklammern, glitten meine Finger unglücklich ab, und ich kam ins Wanken. Auf der spiegelglatten Eisfläche rutschte ich schließlich aus und schlitterte die Böschung hinunter. Einige Sekunden lang glaubte ich, mein Schicksal sei besiegelt. Dann prallte ich gegen etwas Borstiges und blieb benommen auf dem Boden liegen. Im Augenwinkel sah ich die schwarze, borstige Masse, die sich mit lautem Getrampel entfernte.

Ich war gerade im Begriff, mich wieder aufzurichten, als ich Männerstimmen vernahm und Schritte, die sich näherten. Für den Bruchteil einer Sekunde war ich wie gelähmt, dann ging ich reflexartig hinter dem dicken Stamm einer zugeschneiten Tanne in Deckung, die sich glücklicherweise direkt hinter mir befand.

Vorsichtig spähte ich in Richtung des abgesperrten Geländes und sah ein kleines Loch, das unterhalb des Zauns gegraben worden war. Gleichzeitig konnte ich zwei maskierte Gestalten erkennen, die schnellen Schrittes darauf zusteuerten. Am Zaun angelangt, nahmen sie das Loch in Augenschein und schienen sich zu beraten. Nach einer Weile kehrten sie mir schließlich den Rücken zu und verschwanden aus meinem Blickfeld.

Ich atmete tief durch, sie schienen mich nicht bemerkt zu haben. Eine Zeitlang verharrte ich an Ort und Stelle und lauschte dem quietschenden Geräusch, dessen Ursprung sich nun in unmittelbarer Nähe befinden musste und das, wie man bei genauem Hinhören feststellte, von weiteren Lauten begleitet wurde, die an das Plätschern von Wasser erinnerten. Dann richtete ich mich auf, kontrollierte, dass niemand mehr in meiner Nähe war und zwängte mich anschließend durch das Loch hindurch auf die andere Seite der Umzäunung. Dort angekommen, irrte ich eine Weile im Gebüsch umher, bis ich schließlich auf einen schmalen Pfad gelangte. Diesem folgend, kam ich nach einiger Zeit an den Anfang einer Treppe, die in die Tiefe führte. Mein Herzschlag wurde schneller und heftiger. Ich überlegte, ob ich lieber umkehren, das umzäunte Gelände verlassen und auf demselben Weg wieder zurückgehen sollte, auf dem ich gekommen war. Doch das konnte ich natürlich nicht machen, hatte es doch gerade begonnen, interessant zu werden. Ich stieg also die sich nach unten schlängelnden Treppenstufen hinunter, bis ich mich vor einem kleinen Tor wiederfand.

Wie ich zu meinem großen Erstaunen feststellte, war das Tor nur angelehnt. Vorsichtig rüttelte ich daran und tatsächlich – es ließ sich nach vorne drücken und öffnen. Ein Art Flur wurde sichtbar. Ich atmete dreimal tief ein und wieder aus, dann ging ich durch das Tor und betrat den unterirdischen Gang. Er war schmal und im Inneren nur schwach beleuchtet. Sehen konnte ich niemanden, also ging ich einfach immer weiter vorwärts. Das Quietschen und das Wasserplätschern kamen näher, also schien ich richtig zu sein.

Nach etwa zwei Minuten Gehzeit endete der Gang schließlich vor einer großen grauen Stahltür. Ich blieb stehen und überlegte, wie ich nun weiter verfahren sollte. Die Geräusche mussten von direkt dahinter kommen, da war ich mir sicher. Ohne wirklich damit zu rechnen, dass es etwas bringen würde, betätigte ich die schwere Türklinke. Zu meiner großen Überraschung ließ sie sich tatsächlich hinunterdrücken, und die Tür öffnete sich mit einem leisen Surren.

Ich wich zurück und lauschte. Da sich nichts rührte, fasste ich schließlich den Mut, zwei Schritte nach vorn zu treten, und lugte in den riesigen unterirdischen Raum, der sich hinter der Tür befand. Er wurde von grellen LED-Lampen erhellt und schien sich noch ziemlich weit nach hinten auszudehnen. Zunächst zögerte ich, doch dann ging ich in den Raum hinein und erkannte, woher die Geräusche kamen: von einem großen Komplex aus verschiedenartigen Maschinen, die hier kontinuierlich und ohne menschliches Beisein ihre Arbeit verrichteten. Jedes der hintereinander aufgereihten Maschinensysteme beinhaltete eine große, grüne, für den quietschenden Sound verantwortliche Pumpe, mit deren Hilfe Wasser aus dem Boden gefördert wurde. Von der Pumpe aus gelangte das Wasser dann weiter in dünne schwarze Rohre, aus denen das Plätschern zu vernehmen war. Nach einer Weile machten die Rohre einen Knick nach oben und transportierten das Wasser in durchsichtige Bottiche, die bereits zur Hälfte gefüllt waren. Blickte man zu diesen Behältnissen hoch, konnte man die ebenfalls durchsichtige, an das Dach eines Gewächshauses erinnernde Kunststoffdecke sehen, die den Raum nach oben hin begrenzte.

Über der Decke war wiederum ein weitläufiges, von einigen Zwischenräumen unterbrochenes Wasserbecken zu erkennen, das oben von einem blauen Seidentuch begrenzt wurde. Die Schräglage befand sich vermutlich direkt darüber, und damit von draußen nichts von den Vorgängen im Inneren des Berges zu erahnen war, hatte man das Seidentuch wohl mit einer hauchdünnen Schneeschicht überzogen, die jedoch eine so geringe Festigkeit zu besitzen schien, dass sie von einem Gegenstand wie Malcolms Ski sofort durchbrochen wurde.

Was genau dieser Anblick und generell das alles hier zu bedeuten hatten, war mir völlig unklar. Für eine Weile blieb ich einfach stehen und betrachtete die wunderlichen Vorgänge, dann begann ich, ein wenig zwischen den Maschinen hin und her zu laufen.

Ich beobachtete, wie sich die Bottiche immer weiter mit Wasser füllten. Als sie schließlich zu etwa 90 Prozent voll waren, wurden sie plötzlich wie auf Kommando nach oben gezogen. Zeitgleich öffneten sich in der Kunststoffdecke die Zwischenwände, und die Behälter schossen hindurch. Mit einem dumpfen Schlag, dessen Wucht mir beinahe die Trommelfelle zerschmetterte, entleerten sich die Bottiche, und durch weitere Leitungen floss das Wasser binnen kurzer Zeit in das Becken oberhalb der

Decke. Die leeren Behältnisse wurden derweil blitzschnell wieder zurück an ihren Ausgangspunkt befördert, und der Füllprozess begann von Neuem. Fasziniert und ratlos zugleich stand ich da und betrachtete das Schauspiel. Ich zückte mein Handy, um Fotos und Videos zu machen. Vielleicht würde sich irgendwo mehr über die hier stattfindenden Prozesse in Erfahrung bringen lassen.

Auf einmal spürte ich, wie sich eine Hand auf meine Schulter legte. Ich erstarrte. Meine Pulsfrequenz schoss ins Unermessliche, als ich mich umdrehte und in ein maskiertes Gesicht blickte. Im Schatten der Maschinen erkannte ich nicht viel, nur die tiefblauen Augen, die mich wütend anfunkelten.

Ich wollte schreien, ließ aber lediglich ein kehliges Grunzen vernehmen, als ich sah, wie mir eine geballte Faust in erschreckendem Tempo entgegenkam. Mir wurde schwarz vor Augen, und Bruchteile eines Augenblicks später fühlte ich einen hohlen Schmerz, der mich in die Bewusstlosigkeit überführte.

14

Bieschforte macht zunächst Anstalten, die Aufforderung zu ignorieren, doch die falschen Polizisten stellen sofort klar, dass es ihnen ernst ist. Während einer weiterhin die Waffe auf ihn richtet, gibt der andere einen Warnschuss ab, der das Schienbein meines Bewachers nur um Haaresbreite verfehlt und stattdessen in der Fußmatte einschlägt. Bieschforte zuckt zusammen und hebt widerwillig die Hände, ich tue es ihm gleich.

Im Augenwinkel sehe ich, wie auf einmal ein sonderbares Fahrzeug auf den Parkplatz fährt und nach einem spektakulären Bremsmanöver neben dem Polizeiauto zum Stehen kommt. Mir fällt ein, was Zander im Krankenhaus gesagt hat, als er mir Lianas Flucht schilderte: „Auf unseren Kameras konnten wir erkennen, wie plötzlich ein kleines, pfeilförmiges, blaugrünes Auto angerast kam, dessen Türen sich während des Fahrens öffneten. Es hatte die Länge eines Kleintransporters, war jedoch nur halb so hoch, halb so breit und besaß zwei lange Türen, auf jeder Seite eine. Wie bereits erwähnt, hatte es die Form eines Pfeils. Motorengeräusche machte es praktisch keine. Aíton meinte zudem, in dem blaugrünen Muster eine Weltkarte erkannt zu haben."

Genau dieses Auto parkt nun 20 Meter von mir entfernt. Ich kann sehen, wie die Türen aufschwingen und zwei Personen aussteigen, die schnellen Schrittes auf uns zukommen. Beide tragen schwarze Jacken und haben die Kapuzen tief ins Gesicht gezogen, sodass man ihr Gesicht nicht erkennen kann. Mit Schrecken realisiere ich, wie einer der Kapuzenträger hinter mir die Beifahrertür öffnet. Ich drehe mich hektisch um und sehe mich nun ebenfalls zwei Pistolenläufen gegenüber.

Einer der Männer, die Bieschforte bedrohen, raunt dem Personenschützer zu: „Du bleibst hier sitzen, dein Freund verlässt den Wagen. Ist das klar?"

Mir wird schwindelig. „Ich?", frage ich unnötigerweise.

„Wer denn sonst?", brüllt der falsche Polizist. „Und zwar ein bisschen zügig, wenn ich bitten darf."

Meine Knie fühlen sich an, als würden sie jeden Moment nachgeben und mich zusammensacken lassen. Vorsichtig erhebe ich mich von meinem Sitz und mache einen großen Schritt nach draußen. Dabei komme ich unglücklich ins Stolpern und falle der Länge nach auf den Asphalt. Ich merke, wie mir Blut über das Gesicht läuft, doch es bleibt keine Zeit, sich weiter damit zu beschäftigen. Die Kapuzenträger geben nämlich ebenfalls einen Warnschuss ab, während ihr Kollege mich von der gegenüberliegenden Seite aus auffordert, wieder auf die Beine zu kommen.

„Hat das denn nie ein Ende?", fluche ich in mich hinein, während ich mit zusammengebissenen Zähnen aufstehe und mich zum Pfeilauto kommandieren lasse. Einer der Kapuzenträger hält die Beifahrertür auf und bedeutet mir einzusteigen.

Wie in einem Auto sieht es im Inneren des Fahrzeugs nicht aus. Die fünf schwarzweißkarierten Sitze erinnern eher an Kinosessel, und vor dem Fahrersitz befindet sich anstelle eines Lenkrads eine Steuerung wie in einem Flugzeugcockpit. Einer der Kapuzenträger nimmt auf dem Fahrersitz Platz, der andere steigt hinter mir ein und hält dabei nach wie vor den Pistolenlauf auf mich gerichtet. Der Fahrer bedient einige Hebel, und langsam rollen wir los.

Wir verlassen den Parkplatz, fahren aber nicht auf die Landstraße, sondern biegen in entgegengesetzter Richtung in einen Feldweg ein. Dort nimmt das Gefährt an Tempo zu. Der Fahrer beschleunigt mehr und mehr, und mein Schwindel wird immer stärker. Ich will mich bereits nach unten beugen und übergeben, als plötzlich ein Ruckeln zu spüren ist: Von einem Moment auf den nächsten heben wir ab.

Völlig überrascht und halb benommen blicke ich auf die nun immer kleiner werdende Landschaft unter uns hinunter. Ich sehe noch, wie Bieschforte auf dem Parkplatz steht und mit den falschen Polizisten diskutiert. Unterdessen gewinnen wir immer mehr an Höhe und durchbrechen nach einer Weile schließlich die Wolken. Die Kapuzenträger rufen sich etwas auf Arabisch zu, und ich kann hören, dass es sich bei der Person am Steuer um eine Frau handelt, während hinter mir ein Mann sitzt, der nach wie vor seine Waffe fest umklammert. Gute drei Stunden sind wir in der Luft, und ich schaffe es, meinen Schwindel wieder einigermaßen unter Kontrolle zu bekommen. Dann beginnt die Frau mit dem Landeanflug. Rund zehn Minuten später spüre ich wieder Boden unter meinen Füßen.

Die Türen springen auf, und der bewaffnete Mann bedeutet mir, auszusteigen. Vorsichtig trete ich nach draußen, wo ich kurz innehalte. Es weht ein heißer, trockener Wind. Ich blicke mich um und stelle fest, dass wir mitten in einer Wüste gelandet sind. Etwa zwei Dutzend von den pfeilartigen Fahrzeugen parken hier, ansonsten gibt es um uns herum nur Sand und trockenes Gestein. Irgendwo in der Ferne meine ich, das Meer rauschen zu hören, bin mir aber nicht sicher, ob das womöglich nur Einbildung ist. Die Kapuzenträger befehlen mir, mich in Bewegung zu setzen, und ich frage mich, ob das hier womöglich das Ende ist. Einen traurigeren Ort kann es dafür wohl kaum geben.

Nach etwa 20 Minuten Fußmarsch taucht in der Ferne ein Gebäude auf. Hoffnung keimt in mir auf, und ich beschleunige meinen Schritt. Es vergehen weitere zehn Minuten, dann stehen wir tatsächlich direkt davor. Es handelt sich um ein vierstöckiges, gläsernes Bauwerk ohne Fenster, in dessen Vorderseite schwach die Umrisse einer Weltkarte eingraviert sind. Die Kapuzenträger bedeuten mir, auf die schmale Glastür zuzugehen und einzutreten.

Ich tue, wie mir geheißen und passiere die sich öffnende Tür. Meine Begleiter folgen, wobei der Mann noch immer mit seiner Pistole herumhantiert. Wir gehen ins Haus hinein und finden uns in einem breiten Flur wieder, der zeitgleich mit unserem Eintreten von einigen verschnörkelten, an der Decke befestigten Lampen erhellt wird. Erstaunt stelle ich fest, dass das Gebäude von innen völlig anders aussieht als von außen: Mit viel

Aufwand hat man versucht, die Inneneinrichtung nach dem Vorbild schwarzafrikanischer Stilrichtungen zu gestalten. Kunstvoll gewebte Gardinen hängen vor den Fenstern, hochwertig dekorierte Vasen stehen auf hölzernen Kommoden, und in gläsernen Vitrinen sind diverse Holzschnitzereien ausgestellt. Aus den Lautsprechern ist Afrotrap-Musik zu vernehmen, und an den gelb gestrichenen Wänden hängen Fotografien verschiedener afrikanischer Städte und Landschaften.

Wir folgen dem Flur bis zum Ende und passieren eine Art Empfangsbereich, in dem außer uns aber niemand anzutreffen ist. Die Kapuzenträger eskortieren mich in einen Fahrstuhl, der uns in den dritten Stock bringt. Als wir dort aussteigen, betreten wir einen weiteren Flur, der sich stark vom unteren unterscheidet und mit seinen farbenfrohen, geometrisch gemusterten Wänden sowie den kunstvoll gewebten Wand- und Bodenteppichen den orientalischen Stil imitieren soll. Wir gehen den Gang eine Weile entlang, ehe wir schließlich vor einer der vielen sich links und rechts befindenden Türen stehenbleiben. Der Waffenträger klopft an, und Sekunden später wird geöffnet.

Uns entgegen tritt eine junge Frau in den Zwanzigern. Sie ist ziemlich klein, etwas untersetzt, hat eine glatte schwarze Haut und dunkles, schulterlanges Haar. Als sie meine Begleiter erkennt, huscht ein flüchtiges Lächeln über ihr Gesicht, und sie lässt uns eintreten. Wir befinden uns in einem schlichten Büroraum und bleiben vor dem Schreibtisch stehen, hinter dem eine zweite Frau sitzt, die in einen vor ihr liegenden Stapel Dokumente vertieft ist.

„Setzen Sie sich", sagt sie, ohne hochzuschauen und deutet geistesabwesend auf die beiden weißen Stühle ihr gegenüber.

Die dunkle, rauchige Stimme erkenne ich sofort wieder: „Mrs. Osman!", rufe ich erstaunt, was mir scharfe Blicke vonseiten meiner Bewacher einbringt.

Nun blickt die Frau doch auf und tatsächlich: Sie ist älter geworden, etwas dünner und blasser im Gesicht, zudem haben sich neue Falten gebildet. Doch es ist eindeutig die Haushälterin aus meiner Diplomatenzeit in Ägypten.

„Ach, da sind Sie ja, Mr. Brückenstein", sagt Mrs. Osman und schenkt mir ihr verschmitztes Lächeln. An meine Begleiter gewandt, fährt sie in bedeutend strengerem Tonfall fort: „Nun, meine Damen und Herren, ich danke Ihnen vielmals für Ihre zuverlässige Arbeit. Sie können mich nun mit Mr. Brückenstein allein lassen. Wir haben uns doch sicher viel zu erzählen, nicht wahr?" Ich nicke zerstreut, während die beiden der Anweisung Folge leisten und den Raum verlassen. An die junge Frau gerichtet, die uns eingelassen hat und nun etwas unschlüssig vor der halbgeöffneten Bürotür steht, fährt Mrs. Osman fort „Wenn es dir nichts ausmacht, Amani, dann würde ich dich ebenfalls bitten, uns einmal unter vier Augen sprechen zu lassen."

„Aber sicher, Mariah", antwortet Amani, woraufhin auch sie aus dem Raum geht und die Tür hinter sich schließt. Ich wende mich wieder Mrs. Osman zu, die mir mit zusammengefalteten Händen und freundlich lächelnd gegenübersitzt.

15

„So sieht man sich wieder." Mrs. Osman streckt mir ihre Hand entgegen, und ich ergreife sie zögernd. „Ich bitte vielmals, die Unannehmlichkeiten zu entschuldigen."

„Was auch immer sie als Unannehmlichkeit bezeichnen", erwidere ich mit unüberhörbarer Ironie in der Stimme. „Könnten Sie mir vielleicht sagen, wo ich hier gelandet bin und was das alles zu bedeuten hat? Und nichts für ungut, natürlich freue auch ich mich, sie wiederzusehen."

Die Ägypterin lehnt sich entspannt in ihrem Stuhl zurück. „Der Reihe nach", sagt sie. „Alles der Reihe nach. Zuallererst einmal bin ich froh, dass Sie heil hier angekommen sind. Wie gesagt, es tut mir ehrlich leid, dass wir Sie auf diese Art und Weise zu uns holen mussten, doch glauben Sie mir, es war zu Ihrem eigenen Schutz, und es musste verdammt schnell gehen. Hier sind Sie jetzt erst einmal in Sicherheit. Ihre Eltern sind darüber in Kenntnis gesetzt worden, dass Ihnen kurzfristig berufliche Verpflichtungen dazwischengekommen sind."

Die Verkrampfungen in meinen Gliedern lösen sich ein wenig, doch ich bleibe unruhig und skeptisch: „Klarer sehe jetzt aber immer noch nicht."

„Ich werde Ihnen alles erzählen", antwortet Mrs. Osman. „Lassen Sie mich nur kurz meine Tochter über Ihr Eintreffen informieren. Ich bin sicher, sie möchte der Unterhaltung beiwohnen."

Mit diesen Worten greift sie nach dem grauen Telefonhörer, der sich mittig auf dem Schreibtisch befindet, und wählt eine Nummer. „Ja, ich bin's", sagt sie in den Hörer hinein. „Ja. Ja, er ist eingetroffen. Du kannst rüberkommen. Ja. Bis gleich."

Sie legt auf.

„Ihre Tochter?", frage ich ehrlich überrascht. „Sie haben also wieder zueinander gefunden?"

Das Lächeln auf Mrs. Osmans Gesicht breitet sich zu einem Strahlen aus. „Das haben wir, Mr. Brückenstein, schon vor fast zehn Jahren. Genau genommen war sie es, die mich gefunden hat. Eigentlich wollte ich auch einen Brief an Sie schreiben und Ihnen davon erzählen, aber dann ...“

Es klopft an der Tür. „Herein“, sagt Mrs. Osman und flüstert mir noch zu: „Bekanntzumachen brauche ich euch beide nicht mehr, denke ich.“

Die Tür öffnet sich, und ins Zimmer tritt eine schlanke Enddreißigerin mit kurzen, weißblond gefärbten Haaren und einer großen, gerundeten Feingold-Brille. Mich überkommt vollends die Verwirrung: „Liana! Du?“

Die Frau lächelt, und plötzlich erscheint sie mir glasklar, die Ähnlichkeit zu ihrer Mutter.

„Na, Savio?“, Liana nimmt auf dem Stuhl neben mir Platz. „Wer hätte gedacht, dass wir zwei uns so schnell wiedersehen würden, was?“

Ich blicke hilfesuchend zu Mrs. Osman hinüber. Die räuspert sich zweimal: „Also gut, Mr. Brückenstein, ich denke, wir schulden Ihnen einige Erklärungen. Aber alles ordentlich nacheinander. Lassen Sie uns zuerst einmal über den Ort sprechen, an dem wir uns gerade befinden. Wir sind hier nämlich nicht irgendwo, sondern in einer Zweigstelle von UCAFAC.“ Mrs. Osman macht eine kurze Pause.

„UCAFAC, was so viel bedeutet wie *Unification and Cooperation of the different Areas to save the Future of the African Continent*, ist ein Zusammenschluss verschiedener nichtstaatlicher Organisationen, für den meine Tochter und ich seit geraumer Zeit tätig sind. Auch Sie haben bereits zwei Jahre lang für UCAFAC gearbeitet und werden voraussichtlich schon bald wieder in ihren Dienst zurückkehren.“

„Ich habe noch nie von einer Organisation mit diesem Namen gehört“, entgegne ich schroff.

„Lassen Sie mich fortfahren“, erwidert Mrs. Osman. „Wie Sie anhand des Namens und auch hinsichtlich der Einrichtung dieses Hauses bereits vermuten werden, entstammt unsere Organisation dem afrikanischen Kontinent. Wir sind ein Zusammenschluss von mittlerweile 96 kleineren, nichtstaatlichen Organisationen aus insgesamt 35 afrikanischen Ländern. Damit handelt es sich bei UCAFAC um die größte Non-Profit-Vereinigung dieser Art weltweit. Gegründet hat sich der Verband bereits vor 15 Jahren, damals bestand er aus 32 Organisationen, die in 14 verschiedenen, vornehmlich höher entwickelten Staaten beheimatet waren. Man sieht also, welche Entwicklung wir seit der Gründung genommen und wie sehr wir mittlerweile international an Bedeutung gewonnen haben.

Eines der Gründungsmitglieder von UCAFAC war seinerzeit die ägyptische Menschenrechtsorganisation, für die ich seit der Beendigung meines Studiums tätig gewesen war. Wenn Sie so wollen, bin ich also ein Kind der ersten Stunde.

Das erklärte Ziel des Zusammenschlusses bestand und besteht seit jeher darin, die unzähligen Herausforderungen des 21. Jahrhunderts, also Globalisierung, Klimaschutz, Menschenrechte, Mobilität, Sicherheit und all die anderen Dinge, als eine einzige zu betrachten. Als eine große, verkettete Herausforderung. Diese, davon sind wir überzeugt, kann sich nur dann bewältigen lassen, wenn die gesamte Weltgemeinschaft sich dem Ernst der Lage bewusst wird und geschlossen zusammenarbeitet. Afrika sehen wir dabei in vielerlei Hinsicht als Schlüsselkontinent, was auch in unserem Wappen dargestellt ist. Sie finden es zum Beispiel hier." Mrs. Osman deutet auf die Wand hinter sich.

„Eine Weltkarte, bemerke ich. „Genau wie unten an Ihrer Halskette."

„Alle Mitarbeitenden der globalen UCAFAC-Abteilung tragen das Wappen irgendwo an ihrer Kleidung", antwortet Mrs. Osman. „Ich weise Sie aber extra auf dieses Exemplar hier an der Wand hin, da es besonders groß ist und man deutlich sehen kann, wie Afrika im Zentrum der Karte steht."

„Tatsächlich, jetzt wo Sie es sagen ..."

„Allerdings wird unser Kontinent seiner großen Verantwortung nur dann gerecht werden können, wenn auf ihm selbst Einigkeit, Frieden und Kooperation herrschen, was leider noch immer nicht flächendeckend der Fall ist. Jeden Beitritt, jeden neu involvierten Staat betrachten wir deshalb als großen und bedeutenden Schritt. Um einen solchen machen zu können, muss aber stets der Dialog gesucht werden, zu staatlichen wie zu nichtstaatlichen Vertretern. Und da es unser Anspruch ist, gleichzeitig auch außerhalb Afrikas an Einfluss zu gewinnen, werden UCAFAC-Mitarbeitende in Botschaften auf der ganzen Welt entsendet, oftmals in verdeckter oder zumindest zum Teil verdeckter Position. Eine dieser Mitarbeiterinnen war ich: Acht Jahre lang habe ich an der deutschen Botschaft in Kairo gearbeitet, in offizieller Funktion als Haushälterin, wie Sie sicher noch wissen. Im Anschluss hatte ich dieselbe Tätigkeit dann für weitere sechs Jahre bei der ägyptischen Botschaft in Berlin inne. Vor etwa einem Jahr wurde ich dann schließlich befördert und bin seither Mitglied im globalen Rat von UCAFAC. So viel erst einmal zu meiner Position."

Mrs. Osman holt ein Blatt Papier unter ihrem Schreibtisch hervor und macht sich eine kurze Notiz. „Lassen Sie uns nun über weitere UCAFAC-Persönlichkeiten sprechen, die Ihnen über den Weg gelaufen sind. Erinnern Sie sich zum Beispiel noch an André Alonso, seinerzeit Chauffeur an der deutschen Botschaft in Dili, Osttimor?"

Ich antworte umgehend: „André aus Mosambik? Klar erinnere ich mich an ihn! Der Mann hat mich immer sehr beeindruckt, allein wegen der sechs Sprachen, die er fließend beherrscht."

„Nun, inzwischen sollen es wohl bereits acht sein", erwidert Mrs. Osman augenzwinkernd. „Aber wie dem auch sei, jedenfalls ist Mr. Alonso mittlerweile ebenfalls aufgestiegen und hat jetzt seit einiger Zeit den Vorsitz der UCAFAC-Abteilung Süd- und Südostasien inne."

Ich nicke anerkennend, dann frage ich: „Und in Nigeria? War es dort Akono, der vermeintliche Koch, der als Verbindungsperson für UCAFAC fungierte? Ich meine, mich an die Weltkarte auf dem Ziffernblatt seiner Armbanduhr zu erinnern."

Mrs. Osman bestätigt diese Annahme. „Genau so ist es, zumindest, wenn sie Akono Bassey meinen, wovon ich ausgehe. Er war bereits an mehreren Botschaften in seiner Heimatstadt Abuja als verdeckter Informant tätig, ehe er vor etwa einem halben Jahr zu seinem ersten Auslandseinsatz aufgebrochen ist. Es ging für ihn nach Westitalien, wo er seither ein Projekt mit dem Ziel des Ausbaus und der Weiterentwicklung von Wasserkraft in Südeuropa betreut. Sein abgeschlossenes Studium der Ingenieurswissenschaften und seine Italienischkenntnisse qualifizieren ihn für diese Position."

Ich frage mich, ob Akono mir jemals erzählt hat, dass er studierter Ingenieur ist und die italienische Sprache beherrscht. Mir fällt jedoch kein Gespräch ein, in dem er etwas in diese Richtung erwähnte.

„Weiterhin", fährt Mrs. Osman fort, „würde ich auch Dieynaba Mendy gern noch einmal erwähnen, die in der Geschäftsführung von WATER arbeitet. Sie waren in Nigeria doch bei WATER beschäftigt, nicht wahr?"

Jetzt verstehe ich: „Ach so, dann ist WATER also auch ein Mitglied des UCAFAC-Zusammenschlusses?"

„Richtig", sagt Mrs. Osman. „WATER, seinerzeit im Senegal entstanden, ist eine der UCAFAC-Organisationen mit der größten Reichweite und dank seiner Tätigkeit in mittlerweile 14 verschiedenen westafrikanischen Staaten gleichzeitig Vorreiter in Sachen grenzüberschreitender Zusammenarbeit, Nachhaltigkeit und afrikanischer Einigung. Mrs. Mendys Vater Daniel hat die Organisation damals mit aufgebaut und sie, ausgehend vom Senegal, in die internationale Zusammenarbeit geleitet. Inzwischen ist er im Ruhestand, doch seine Tochter und einige weitere Persönlichkeiten führen die Geschäfte erfolgreich fort und haben den Einfluss der Organisation weiter steigern können. Auch der Beitritt zu UCAFAC wurde von ihnen auf den Weg gebracht."

Es klopft erneut. „Wer ist da?", fragt Mrs. Osman etwas unwirsch. Die Tür öffnet sich einen Spaltbreit und die junge Frau, die uns vorhin hereingelassen hat und von Mrs. Osman mit Amani angesprochen wurde, steckt vorsichtig ihren Kopf ins Zimmer. „Entschuldigung", stößt sie schüchtern hervor, „aber das Meeting, an dem du teilnehmen musst, beginnt in zehn Minuten. Ich sollte dich doch daran erinnern."

„Sehr gut, Amani, das hätte ich beinahe vergessen", antwortet Mrs. Osman und erhebt sich von ihrem Stuhl. An mich gerichtet ergänzt sie: „Alles, was noch interessant ist, wird Ihnen Liana erzählen. Wir sehen uns später."

Mit diesen Worten tritt sie in Begleitung von Amani aus dem Raum und lässt Liana und mich zurück.

16

„Also gut", sagt Liana und holt tief Luft. „Ich denke, ich sollte nun auch noch ein wenig von mir erzählen. Wie du ja nun weißt, bin ich die Tochter von Mrs. Osman. Ich wurde im Juli 2014 in Kairo geboren, mein Vater heißt Robbie Tomerak und stammt aus Perth in Australien. Er arbeitete zu dieser Zeit als Journalist in Ägypten und lernte dort meine Mutter kennen, die bereits damals für ihre Menschenrechtsorganisation im Einsatz war. Dass aus dieser Begegnung ein Kind resultieren würde, war nicht geplant. Du musst wissen, dass es unehelich geborene Kinder und ihre Eltern im Ägypten dieser Tage nicht leicht hatten, schon gar nicht, wenn ein Elternteil Australier und Atheist war. Aus diesem Grund bot mein Vater meiner Mutter noch während ihrer Schwangerschaft an, mit ihm nach Perth zu kommen. Meine Mutter entschied sich zunächst dagegen, da sie Heimat und Job nicht aufgeben wollte. Zwei Monate nach meiner Geburt entschloss sie sich dann aber doch, meinem Vater nach Australien zu folgen. Die Schwangerschaft hatte für sie einen Bruch mit vielen Menschen bedeutet, sogar ihre Eltern, seit jeher streng gläubige Muslime, wandten sich von ihr ab. So siedelten wir dann also doch nach Australien über und ließen uns in Perth nieder, wo ich meine gesamte Kindheit verbrachte. Meine Eltern heirateten irgendwann, wodurch es dann auch rechtlich in Bezug auf Aufenthaltsgenehmigungen und dergleichen keine Barrieren mehr gab. Mein Vater arbeitete weiterhin als freier Journalist und war viel unterwegs, während meine Mutter einen Job in der Rechtsabteilung eines großen Unternehmens fand.

Natürlich wollte ich irgendwann wissen, warum immer nur die Großeltern, Onkel und Tanten, Cousins und Cousinen von der Seite meines Vaters bei uns zu Besuch kamen oder von uns besucht wurden und nie die Angehörigen meiner Mutter. Doch sobald sich ein Gespräch in diese Richtung entwickelte, wurde sie stumm. Sie sprach so gut wie nie über Ägypten, und von

Besuchen ihres Heimat- und meines Geburtslandes wollte sie schon gar nichts wissen. Bis zu jenem Datum, das ich wohl bis an mein Lebensende im Gedächtnis behalten werde: 20. Juli 2028. Es war schon abends, und ich lag bereits im Bett, als meine Mutter noch einmal zu mir ins Zimmer kam. Sie sagte, sie würde für ein paar Tage wegfahren, es hätte mit ihrer Familie in Ägypten zu tun. Mit einem Schlag saß ich kerzengerade im Bett, fragte, was passiert sei, wollte wissen, wie lange sie weg sein werde und ob ich sie nicht begleiten könne. Aber sie lächelte nur, strich mir zart übers Haar und wünschte mir eine gute Nacht. Das nächste Mal sahen wir uns knappe 14 Jahre später in Kairo."

Liana stockt der Atem, und sie muss für eine Weile innehalten. Etwa eine halbe Minute lang ist es still im Raum, keiner von uns sagt ein Wort. Dann hat sie sich wieder gefangen und fährt fort: „Mein Vater schien bereits zu ahnen, dass meine Mutter nicht mehr zurückkommen würde. Während ich Tag für Tag am Küchenfenster stand und immer wieder glaubte, sie irgendwo am Horizont auftauchen und winkend auf uns zukommen zu sehen, mit ihrem kleinen blauen Reisekoffer und der schwarzen Sonnenbrille, die sie so gerne trug, ging er nur schweigend durch das Haus, mit hängenden Schultern und eisigem Blick. Er war ab sofort gezwungen, mich allein großzuziehen. Und das tat er auch, und zwar aufopferungsvoll. Ich weiß, dass ich ihm vieles zu verdanken habe.

Im Sommer 2033 schloss ich die Schule ab und absolvierte anschließend einen einjährigen ökologischen Freiwilligendienst in Neuseeland, ehe ich ein Biologiestudium an der Universität in Adelaide aufnahm. Ab 2039 arbeitete ich für ein australisches Forschungsinstitut, das sich mit Methoden zur Bekämpfung des Meeresspiegelanstiegs beschäftigte. Meine Mutter war bereits ein Stück weit aus meinen Erinnerungen verschwunden, als ich eines Morgens im Frühjahr 2042 einen Brief im Postfach meiner Zwei-Zimmer-Wohnung fand.

Der Brief kam aus Ägypten und war von einer Amani Mwendwa gesendet worden. Sie schrieb darin, dass sie 14 Jahre alt sei und eigentlich aus Kenia stamme, allerdings schon seit zehn

Jahren in Kairo bei einer Adoptivmutter lebe. Ein paar Wochen, bevor sie den Brief schrieb, habe sie diese am Fenster stehen und weinen sehen. Sie wollte natürlich wissen, was geschehen war, und fragte wieder und wieder nach. Irgendwann habe die Adoptivmutter schließlich nachgegeben und ihr die ganze Geschichte erzählt. Von ihrer leiblichen Tochter in Australien, die sie vor 14 Jahren zum letzten Mal gesehen habe – im Alter von damals ebenfalls 14 Jahren.

Amani schilderte in ihrem Brief, wie sehr sie die Geschichte bewegt habe und dass sie sich wünsche, ihre Stiefschwester persönlich zu treffen. Nach langer und aufwendiger Recherche habe sie es schließlich geschafft, mich ausfindig zu machen. Im letzten Absatz des Briefs schrieb Amani, dass sie mich gern nach Kairo einladen würde, wo meine Mutter und ich mit der Vergangenheit Frieden schließen sollten. Ich sei jederzeit herzlich willkommen, solle einfach an der Tür klingeln.

Der Erhalt dieses Briefs wühlte mich auf. Ich zeigte ihn meinem Vater, der mir sagte, dass es allein meine Entscheidung sei, die Einladung anzunehmen oder nicht. Zwischen ihm und meiner Mutter sei nichts mehr geradezurücken, doch ich sei inzwischen eine erwachsene Frau und wisse selbst, was für mich das Richtige sei. Einen Monat gab ich mir Zeit zum Überlegen, dann stand mein Entschluss fest: Ich reichte einen zweiwöchigen Urlaub bei meinem Arbeitgeber ein, buchte den nächsten verfügbaren Flieger nach Kairo und saß weitere drei Wochen später in der Maschine, die mich nach fast 28 Jahren zurück an den Ort bringen sollte, an dem ich geboren wurde.

Ich kann nicht mehr mit Bestimmtheit sagen, was ich fühlte, als ich meine Füße auf ägyptischen Boden setzte. War da etwas in mir, das mir sagte, dass ich wieder zu Hause war? Wenn ja, dann wurde es vom Kulturschock überdeckt, der mich traf, als ich die Atmosphäre der Megametropole einsog, die Straßen, die Menschen, den Lärm, die Häuser, das Klima. Schnell begannen die Menschenmassen um mich herum zu verschwimmen, und wie in Trance ließ ich mich treiben. Ich stieg in eine stickige und hoffnungslos überfüllte U-Bahn, fuhr ein Stück, dann ging es in eine weitere, noch stickigere und noch vollere Bahn. Die Fahrten dauerten eine gefühlte Ewigkeit, doch immerhin leerte es sich schließlich mehr und mehr. Und dann, ohne dass ich es sofort realisierte, erreichten wir plötzlich die Straße, in der meine Mutter und meine Stiefschwester wohnten. Sie lag in einem etwas ruhigeren Teil der Stadt, einem Wohngebiet mit kantigen, vier- bis achtstöckigen Bauten. Ich verließ die U-Bahn und ging das letzte Stück zu Fuß. Vor dem Haus mit der Nummer 144 blieb ich stehen und fand, wonach ich suchte: ein Klingelschild mit der Aufschrift „Osman". Offenbar hatte meine Mutter ihren Mädchennamen wieder angenommen, den sie nach der Hochzeit mit meinem Vater durch seinen Namen Tomerak, den auch ich von Geburt an trage, ersetzt hatte. Ich drückte auf die Klingel, und nach wenigen Sekunden wurde ich eingelassen. Ich ging hinauf in den vierten Stock des Gebäudes, wo hinter einer etwa zur Hälfte geöffneten Wohnungstür das Gesicht eines Mädchens hervorlugte. Dieses Mädchen war Amani Mwendwa, meine Stiefschwester."

„Entschuldigung, wenn ich dich unterbreche", werfe ich ein. „Aber habt ihr die Frau, die mir die Tür geöffnet hat, nicht auch mit dem Namen Amani angesprochen?"

„Das stimmt", erwidert Liana. „Das ist sie auch, meine Stiefschwester. Meine Mutter und ich verdanken ihr eine Menge. Im Moment macht sie ein Praktikum in unserem medizinischen Fachbereich.

Jedenfalls, nachdem sie mich damals, an diesem besonderen Tag, eingelassen hatte, tauchte hinter ihr noch eine zweite Person auf: meine Mutter. Von einem Moment auf den anderen standen wir uns gegenüber. Sechzig Jahre war sie nun alt. Ihre ehemals kräftigen schwarzen Haare waren mittlerweile ergraut, die Haut faltiger und der Gang ein wenig gebückter geworden. Doch sie war es, daran konnte nicht der geringste Zweifel bestehen. Auch meine Mutter erkannte mich sofort. Als sie mich sah, weiteten sich ihre Pupillen. Reflexartig wich sie ein Stück zurück und musste sich an der Wand festhalten. Sie wollte etwas sagen, brachte aber nur ein Krächzen hervor. Auch ich bekam zunächst keinen Ton heraus, und so standen wir für eine gefühlte Ewigkeit einfach nur da und starrten uns an. Mir kam der Gedanke, dass es vielleicht doch keine gute Idee gewesen war, einfach so und unangemeldet bei ihr vorbeizuschauen.

Schließlich war es Amani, die eine Unterhaltung in Gang brachte und es auf diese Weise schaffte, dass meine Mutter und ich erste zaghafte Worte miteinander wechselten. Ich übernachtete bei den beiden, und nachdem sich Amani am folgenden Tag auf den Weg zur Schule gemacht hatte, kam meine Mutter zu mir ins Gästezimmer und fragte, ob wir ein Stück gehen wollten. Ich stimmte zu, und so machten wir uns auf den Weg. Am Anfang trotteten wir nur stumm nebeneinander her, doch dann begann meine Mutter zu erzählen. Sie kämpfte mit den Tränen, als sie sich daran zurückerinnerte, wie sie damals, von ihrer Familie geächtet, mit meinem Vater und mir nach Australien gegangen war. So schön dieses Land auch sei, sagte sie, so richtig wohl habe sie sich dort nie gefühlt. Ihr fehlte die Heimat, ihr fehlte die Familie, zu der jeglicher Kontakt abgebrochen worden war. Und ihr fehlte der Job.

Dann rief eines Tages ihre Mutter bei ihr an. Sie sagte, ihrem Vater gehe es schlecht, er wolle seine Tochter noch einmal sehen und sich mit ihr versöhnen. Meine Mutter beschloss sofort, zu ihren Eltern zu fahren, obwohl mein Vater Bedenken äußerte. Als sie dann in Ägypten ankam, hatte sich dort vieles verändert. Das Land hatte sich entwickelt, war liberaler geworden. Meine Mutter wurde wieder in den Familienkreis aufgenommen, außerdem erhielt sie das Angebot, in ihren Job zurückzukehren. Sie nahm es an und blieb.

Im Rahmen ihrer beruflichen Tätigkeit besuchte meine Mutter 2032 auch das Waisenhaus in Kenia, wo sie Amani kennenlernte. Das damals vierjährige Kind hinterließ einen solch nachhaltigen Eindruck bei ihr, dass sie sich entschloss, es zu adoptieren und mit nach Kairo zu nehmen. Obwohl sie laut eigener Aussage seit ihrem Weggang aus Australien große Schuldgefühle mir und meinem Vater gegenüber gehabt habe, rief sie erst sechs Jahre später bei ihm an. Mein Vater war davon aber nicht sonderlich begeistert. Er meinte, eine Kontaktaufnahme zu mir ergebe nun keinen Sinn mehr, da ich schon seit drei Jahren nicht mehr nach ihr gefragt hätte. Es würden lediglich alte Wunden wieder neu aufgerissen. Seiner Ansicht nach hatte allein ich das Recht, zu entscheiden, ob es noch einmal zu einem Kontakt kommen sollte."

„Wann genau war das, als du nach Ägypten gereist bist?", möchte ich wissen. „Mein dortiger Aufenthalt war nämlich am 10. Juni 2042 zu Ende. Wart ihr euch da bereits begegnet?"

„Nein", entgegnet Liana. „Da haben wir uns knapp verpasst. Der Tag, an dem meine Mutter und ich uns wiedergetroffen haben, war der 25. Juni 2042, also zwei Wochen nach deinem Aufbruch. Auch das ist so ein Datum, das ich wohl niemals vergessen werde."

Liana steht auf, um aus dem schwarzen Regal an der Wand eine Wasserflasche und zwei Gläser zu holen. Nachdem sie uns eingeschenkt und sich wieder gesetzt hat, fährt sie fort. „Natürlich kann man die Vergangenheit nicht einfach ungeschehen machen, und die Hintergründe der 14 Jahre, in denen meine Mutter und ich voneinander getrennt waren, belasten unser Verhältnis bis heute. Doch nachdem wir uns bis zum Ende der gemeinsamen Woche zunehmend nähergekommen waren, beschloss ich, ihr eine zweite Chance zu geben. Und wir schafften es diesmal auch, der räumlichen Entfernung zum Trotz, den Kontakt aufrechtzuerhalten. Ab sofort telefonierte ich einmal pro Woche mit meiner Mutter, und meistens übergab sie den Hörer im Anschluss auch noch an Amani. Im nächsten Sommer besuchte ich die beiden ein weiteres Mal in Ägypten, diesmal für zwei Wochen, und im darauffolgenden Jahr wollten sie dann eigentlich zu mir nach Australien kommen. Allerdings sprechen wir da nun bereits von 2044. Und in diesem Jahr wurde, wie du sicherlich weißt, infolge des internationalen Klimagipfels in vielen Teilen der Welt ein Riegel vor private Flugreisen aller Art geschoben. Die ab sofort kaum mehr bezahlbaren Preise in Kombination mit dem enormen bürokratischen Aufwand, mit dem der private Flugverkehr ab sofort verbunden war, ließen uns zu dem Schluss kommen, in diesem Jahr auf ein persönliches Treffen zu verzichten. So blieben wir bis auf Weiteres nur auf digitalem Weg in Kontakt. 2045 ließ sich meine Mutter dann von UCA-FAC an die ägyptische Botschaft in Berlin versetzen und nahm auch Amani mit, die im Sommer die Schule abgeschlossen hatte und nun in Berlin ein Medizinstudium aufnahm. Meine Mutter wurde indes wieder einmal unter dem Deckmantel der Haushältertätigkeit als geheime Informantin eingesetzt.

Was meinen beruflichen Werdegang anbelangte, brachen unschönere Zeiten an. Führende Mitglieder meines Forschungsinstituts gerieten in Verdacht, Gelder veruntreut zu haben. Viele der Anschuldigungen bestätigten sich, was Anfang 2046 zur Auflösung des Instituts führte. Für mich ein Schlag, nicht nur, weil ich dadurch meinen Job verlor. Auch in moralischer Hinsicht trafen mich die Entwicklungen hart. Mir wurde bewusst, dass ich sieben Jahre lang Forschung für ein Unternehmen betrieben hatte, in dem Gelder, die man mühsam für den Kampf gegen den Klimawandel zusammengekratzt hatte, seit jeher in private Taschen gewandert waren. Ich begann, an grundsätzlichen Dingen zweifeln und fiel in ein Loch.

Meine Mutter sah die Gelegenheit gekommen, ihre große Schuld zumindest in Ansätzen zu begleichen. Sie besorgte mir einen Job in der naturwissenschaftlichen Abteilung von UCA-FAC, den ich mit Beginn des Jahres 2047 antrat. In den folgenden drei Jahren wirkte ich an verschiedenen Umweltprojekten in Zentral- und Ostafrika mit, ehe man mich 2050 schließlich in das von SECO und Igre.Change begründete Projekt zur Verbesserung der ökologischen und sozialen Situation in und um Berlin einschleuste. Ich sollte kontrollieren, ob dort tatsächlich alles so lief, wie es nach außen hin dargestellt wurde. Nachdem ich bereits selbst für ein Institut mit offiziell ähnlichen Zielen gearbeitet hatte, bei dem die Realität dann aber eben nicht mit der äußeren Fassade übereinstimmte, war ich nun natürlich besonders motiviert, ein potenzielles Fehlverhalten dieser Art kompromisslos zu bestrafen. Und tatsächlich, bereits nach kurzer Zeit stellte ich fest, dass auch bei SECO und Igre.Chance beileibe nicht alles mit rechten Dingen zuging."

17

Liana nippt an ihrem Glas. „Nach außen hin scheint bezüglich der Zusammenarbeit von SECO und Igre.Change alles in bester Ordnung zu sein. Ein Projekt, in dem Freiwillige von überall auf der Welt eine der sich am schnellsten ausbreitenden Wüsten Europas wieder bepflanzen, während in direkter Nachbarschaft eine Geisterstadt in einen energieeffizienten Wohnkomplex für sozial Benachteiligte verwandelt wird. Ein Musterbeispiel dafür, wie soziale und ökologische Nachhaltigkeit Hand in Hand gehen können. Ein Pilotprojekt, das mit großen Summen aus internationalen Kassen gefördert wird. Doch dass das zu schön klingt, um wahr zu sein, haben auch andere erkannt, GAEAG zum Beispiel. GAEAG war ebenso wie wir auf Hinweise gestoßen, die nahelegen, dass die Bosse von SECO und Igre.Change in Wahrheit etwas ganz anderes vorhatten mit den Geldern, nämlich die Errichtung einer von der Außenwelt abgeschotteten Siedlung für die Oberschicht. Dass UCACAF in dieser Sache nie mit GAEAG zusammengearbeitet hat, liegt daran, dass wir lange den Verdacht hatten, auch sie könnten in die illegalen Geschäfte involviert sein. Dank Leuten wie dir, die mit beiden Seiten in Verbindung standen, gelang es uns aber, eine Menge an Informationen über GAEAG einzuholen. Und so wissen wir inzwischen, dass die Organisation kein Teil des Ganzen ist.

Die Verantwortlichen von GAEAG wussten indes bedeutend weniger über UCAFAC. Eigentlich gar nichts, wie sich vergangenen Dienstag zeigte, als Mrs. Levada bei der großangelegten Ergreifung von Brava und Igre auf einmal auch mich dingfest machen wollte. Unsere Leute erfuhren erst spät von diesem Vorhaben, weshalb die spektakuläre Rettungsaktion mit einem der Arrowplanes vonnöten war – Arrowplanes, so nennen wir unsere pfeilförmigen Maschinen, von denen ein Exemplar auch dich hierher befördert hat. Mittlerweile haben UCAFAC und

GAEAG Gespräche aufgenommen und gemeinsam über die Angelegenheit beraten. Die Geständnisse von Brava und Igre werden von der internationalen Polizei aufgearbeitet, und man ist optimistisch, ihre kriminellen Vorhaben vollständig ans Tageslicht zu bringen.

Nun ist die Geschichte hier aber noch nicht zu Ende. Während meines SECO-Einsatzes kam ich nämlich mit einem weiteren, noch viel brisanteren Verdacht in Berührung. Er wurde mir von jemandem erläutert, der als doppelter Undercover sowohl bei GAEAG als auch bei SECO stationiert war: Majed Al hamoudi."

„Nie gehört", sage ich schulterzuckend.

„Nicht weiter verwunderlich", antwortet Liana. „Du kennst ihn ja auch unter dem Namen Dilip."

Ich bin verblüfft. „Du meinst doch nicht etwa den Dilip, meinen Ersatzmann und Nachfolger, oder?" Ich denke an den jungen Mann, dem ich bei GAEAG als eine Art Mentor zur Seite stand und der beim großen Zugriff mein Ersatzmann war und nach meinem Ausfall meine Position übernommen hat. Er soll ein doppelter Undercover sein?

„Genau der", entgegnet Liana. „Er ist Teil von MUSHTAQ, einem international operierenden Geheimdienst mit Sitz in den Vereinigten Arabischen Emiraten und gilt dort als vielversprechende Nachwuchshoffnung. Der Grund, warum er in das Projekt eingeschleust wurde, ist äußerst brisant.

So berichtete Majed, dass Brava, Igre und ihre Partner den Wohnraum nach seiner Fertigstellung an Mitglieder eines Verbundes aus Milliardären verkaufen wollten, der sich „Zirkel" nennt. Dieser Verbund war aber nie an der Anlage selbst interessiert, sondern vielmehr an den Materialien, die während der Arbeiten in der Wüste und im Bahnhofsviertel freigelegt würden.

Um das alles zu verstehen, müssen wir uns vor Augen führen, in welchem Zustand sich die Erde mittlerweile befindet. Immer mehr Experten sagen die vollständige Unbewohnbarkeit aller Kontinente bis zum Ende des Jahrhunderts voraus, was dem Zirkel natürlich bekannt ist. Deshalb setzen sich seine Mitglieder schon seit Langem mit der Frage nach alternativen Lebensräumen auseinander, die das menschliche Fortbestehen ermöglichen würden.

Visionen, wohin unsere Spezies umgesiedelt werden könnte, gibt es viele, wie man weiß. Lange Jahre ging der Blick dabei vor allem in Richtung Weltraum. Verschiedenste Galaxien wurden bereits entdeckt, und mit aufwendiger Technik versuchte man, sie zu erforschen, was in Teilen auch gelang. Doch so sehr sich die Wissenschaft auch entwickeln mag: Mit hoher Wahrscheinlichkeit werden wir nicht mehr genügend Zeit haben, unsere Theorien tatsächlich in die Praxis umzusetzen. Denn auf keinem der Planeten, die wenigstens in theoretischer Reichweite zu unserem liegen, ist menschliches Leben möglich. Die Orte hingegen, die bereits entdeckt wurden und an denen wir vielleicht, also wirklich nur vielleicht, tatsächlich fortbestehen könnten, sind viel zu weit entfernt und noch lange nicht hinreichend erforscht, so realistisch muss man sein. Eine Flucht in den Weltraum wird also vermutlich Science-Fiction bleiben.

Auf der Suche nach weiteren Möglichkeiten ist man dann irgendwann darauf gekommen, dass sich diese womöglich in unmittelbarer Nähe finden ließen. Seit etwa 30 Jahren widmet sich die Naturwissenschaft nun schon vermehrt einem damals noch weitgehend unerforschten Teil unseres eigenen Planeten: der Tiefsee. Wenn auch die Landmasse der Erde vor dem Untergang steht, so dürfte die Tiefsee noch bedeutend länger als solche existieren. Und genau diese Überlegung hat den Zirkel auf die Idee gebracht, sich dort einmal anzusiedeln, möglichst noch bevor hier oben endgültig alles zusammengebrochen ist.

Es wurden erste Modelle möglicher Unterwassersiedlungen entworfen, erste Versuche gestartet, sie in die Praxis aufzubauen. Majed zufolge sollen einige besonders abenteuerlustige Milliardäre sich schon frühzeitig als Versuchspersonen angeboten haben und bereits seit längerer Zeit in diesen Siedlungen aufhalten. Doch natürlich musste die Forschung fortgesetzt und verbessert werden, viele Fragen waren noch unbeantwortet. Insbesondere ging es dabei um die Substanzen, die sich am besten eignen würden, um die Häuser noch stabiler und beständiger zu machen. Einige Materialien erwiesen sich dabei als besonders wirksam, und zum Teil konnten diese in der Berliner Wüste und im Bahnhofsviertel nachgewiesen werden. Insbesondere ging und geht es hierbei um einige Quarze, die sich im Wüstensand befinden und für die Herstellung von hochstabilem, wasserdichtem Schutzglas dringend benötigt werden. Der Zirkel erfuhr von den Plänen SECOs und Igre.Changes und bot sich als Abnehmer des neu entstehenden Wohnraums an. Somit war der Kontakt hergestellt, und es ließen sich ohne größere Probleme Leute einschleusen, die fortan im Hintergrund die Fäden zogen und seither dafür sorgen, dass die von SECO in der Wüste abgebauten Mineralien an Igre.Change weitergeleitet und dann dorthin gebracht werden, wo der Zirkel sie haben will: über die Küstenlinie."

18

„Über die Küstenlinie?", frage ich nach. „Wie ist das gemeint?"
„Das ist so zu verstehen", erwidert Liana, „als Küstenlinie
wird in der Wissenschaft die Linie bezeichnet, die das Festland
vom Wasser trennt. Der Zirkel hat sich, wie eben erläutert, zum
Ziel gesetzt, früher oder später das Land endgültig zu verlassen
und in die Tiefsee zu emigrieren, um dort das Jahrhundert zu
überleben. Die Küstenlinie ist in diesem Fall also symbolisch als
eine Art Schicksalslinie zu betrachten – wer es noch rechtzeitig
schafft, sie zu überschreiten, der hat eine Zukunft auf diesem
Planeten. Wer an Land und damit hinter der Küstenlinie zurück-
bleibt, der nicht. Aus diesem Grund ist ‚Küstenlinie' eine Art
Codename für das Vorhaben des Zirkels – denn wer in die Tiefsee emigriert, der überschreitet die Küstenlinie. Einleuchtend?"
„Ich denke schon", sage ich und füge hinzu: „Du sprachst davon, dass der Zirkel seine Leute bei SECO und Igre.Change eingeschleust hat, um den Abbau und Weitertransport der für die
Unterwassersiedlungen benötigten Materialien zu kontrollieren. Sind euch einige dieser Leute bekannt?"
Liana holt ein schwarzes Handy aus ihrer Bauchtasche, streicht
ein paarmal über den Bildschirm und lässt mich dann einen
Blick darauf werfen. Ich sehe ein Foto, das eine blasse, schwarz-
haarige Frau zeigt. Es handelt sich um Aurélia Londer, die Über-
gangschefin von Igre.Change.
„Ich kenne die Frau", sage ich zu Liana. „Gestern Abend bin
ich ihr zum ersten Mal persönlich begegnet, als ein paar Bekannte mich besucht haben, um sich im Rahmen eines gemütlichen
Beisammenseins zu verabschieden. Frederik ist in Begleitung
von Mrs. Londer erschienen, die beiden haben berufsbedingt
momentan viel miteinander zu tun. Dass sie dem Zirkel angehören soll ..."
Liana nickt bedächtig: „Mrs. Londer ist eine der mächtigsten
Personen, die der Zirkel in das Projekt eingeschleust hat. Als stell-

vertretende Geschäftsführerin von Igre.Change konnte sie dem Vorsitzenden stets auf die Finger schauen und hat in den Reihen des Unternehmens eine Geheimgruppe installiert, die für das Fortschaffen der Mineralien gesorgt hat. Hinter der offiziellen Arbeit von Igre.Change, die bekanntermaßen im Abriss des Bahnhofsviertels bestand, ist das lange Zeit niemandem aufgefallen."

Liana tippt auf ihrem Handy herum und zeigt mir dann ein weiteres Foto.

Ich betrachte es für eine Weile, dann blicke ich sie fragend an: „Bieschforte?"

„Nun", entgegnet sie stirnrunzelnd. „Jens Bieschforte ist ein Sicherheitsmann von GAEAG, der mit der Aufgabe betraut war, dich bis zu deiner Abreise aus Deutschland im Auge zu behalten und dafür zu sorgen, dass dir hier nichts mehr zustößt. Als Mrs. Levada ihn heute Morgen angerufen und einen Bericht gefordert hat, stellte sich jedoch heraus, dass Bieschforte nichts von diesem Auftrag wusste. Sie alarmierte umgehend MUSHTAQ, den Geheimdienst, für den auch Majed alias Dilip arbeitet. MUSHTAQ fand heraus, wer sich unter falschem Namen bei dir eingeschlichen hatte und dich nun tatsächlich bewachte: Dennis Vanderduin, der Mann auf dem Foto. Auch er ist ein Mitglied des Zirkels und gilt als Mann fürs Grobe, wenn du verstehst. Es muss also doch ein Leck bei GAEAG geben, denn an irgendeiner Stelle wurde die Information, die eigentlich Bieschforte erhalten sollte, abgefangen und an den Zirkel weitergeleitet, der dir Vanderduin auf den Hals hetzte. Wir wissen noch nicht, was der mit dir vorhatte, doch natürlich mussten wir umgehend reagieren. MUSHTAQ schickte einige Leute, um das mit der Polizeisperre zu arrangieren, dich aus den Fängen von Vanderduin zu befreien und auf schnellstem Weg hierherzubringen. Dafür stellten wir ihnen sogar eines unserer Arrowplanes zur Verfügung. Entschuldige bitte noch einmal, dass man dich so lange mit der Waffe bedroht hat. Aber wir mussten nun einmal sicherstellen, dass du sicher hier ankommst."

„Wo du es jetzt ansprichst", bemerke ich. „Ich habe noch immer keinen Schimmer, an welchem Fleck der Erde wir uns hier nun eigentlich befinden."

„Wir sind in einer UCAFAC-Zentrale, und zwar auf der kapverdischen Insel Boa Vista. Direkt hier in der Nähe hat sich früher einmal die Siedlung São Jorge befunden. Wir sind deshalb hier, weil dies mit hoher Wahrscheinlichkeit die UCAFAC-Zentrale ist, die dem Einstieg in das Tiefseeimperium am nächsten liegt." In den Lautsprechern an der Decke ist ein Rascheln zu vernehmen, dann dringt eine laute Männerstimme an mein Ohr: „Ich bitte alle sich in diesem Haus befindenden Personen, auf direktem Weg in den Versammlungssaal zu kommen. Noch einmal: Alle Personen im Haus begeben sich schnellstmöglich in den Versammlungssaal."

Liana springt auf. „Komm Savio, schnell."
Ich setze mich in Bewegung und folge ihr aus dem Raum. Im Flur geraten wir in einen wahrhaften Menschenstrudel, in dessen Mitte wir die Treppe hinuntersteigen, bis wir schließlich ins Kellergeschoss gelangen. Dort erreichen wir den Versammlungsraum, einen großen und hellen Saal, der wie der Rest des Innengebäudes reich mit afrikanischer und arabischer Kunst dekoriert ist. In der Mitte des sich zunehmend füllenden Raumes steht ein breitschultriger Mann mittleren Alters auf einem kleinen Podest. Seine schwarzen Rastalocken streifen das grüne Mikrofon, das er umklammert.
„Mr. Aiwobi", flüstert Liana mir zu. „Sicherheitschef des globalen Rates von UCAFAC."
Mr. Aiwobi blickt mit angespannter Miene in die Runde. Als niemand mehr dazuzukommen scheint, verschafft er sich mit einem Hüsteln Gehör.
„Sehr geehrte Kolleginnen und Kollegen" beginnt er seine Ansprache. „In enger Zusammenarbeit mit unseren Partnern von MUSHTAQ haben wir als globaler Rat von UCAFAC mehrere Monate lang intensiv daran gearbeitet, den dunklen Machenschaften des Zirkels auf den Grund zu gehen. Wir haben herausfinden können, dass es inmitten des Atlantischen Ozeans, wahrscheinlich nur wenige 100 Kilometer westlich von unserem jetzigen Standort entfernt, eine Tauchgondel gibt,

die den Auserwählten den Übertritt über die Küstenlinie ermöglicht. Wir haben ebenfalls herausfinden können, dass diese Tauchgondel nur einmal im Jahr für einige Stunden an die Oberfläche kommt, um neue Siedler und mit ihnen zusammen neues Baumaterial in das Tiefseeimperium zu bringen. Uns liegen vertrauenswürdige Informationen vor, denen zufolge es im Laufe der kommenden Woche wieder so weit sein soll. Das Problem war bislang, dass wir über keine konkreten Angaben bezüglich der exakten Koordinaten dieser Tauchgondel verfügten – bis jetzt. Denn wir haben von unerwarteter Seite Unterstützung erhalten. Wollen Sie sich dazu äußern, Mrs. Londer?"

Im hinteren Teil des Raumes wird eine große Leinwand von der Decke heruntergefahren. Wenige Sekunden später wird darauf die Übergangsleiterin von Igre.Change ist sichtbar.

„Einen guten Abend", spricht sie in die Kamera. „Ich möchte an dieser Stelle darauf hinweisen, dass ich nie eine Unterstützerin von UCAFAC, MUSHTAQ oder sonst jemandem aus dieser Kategorie gewesen bin. Das werde ich auch nie sein. Doch mein Hass gegen den Zirkel übersteigt alles andere, deshalb habe ich mich entschlossen, mit Ihnen zu kooperieren. Und deshalb hoffe ich, dass Sie diese vielleicht einmalige Chance werden zu nutzen wissen. Nur deshalb. Nicht, weil ich auf Ihrer Seite stehe."

Die Leinwand verdunkelt sich und Mr. Aiwobi übernimmt wieder das Wort: „Mrs. Aurélia Londer ist in offizieller Funktion stellvertretende Geschäftsführerin von Igre.Change. In Wahrheit war sie aber eine hochrangige Spionin des Zirkels und galt in diesem Jahr als aussichtsreiche Anwärterin auf eines der Tickets für den Übertritt über die Küstenlinie. Nachdem ihr aber am späten gestrigen Abend vom Koordinator des Küstenlinienzyklus, dem sogenannten Schleuser, dessen Identität uns im Übrigen nach wie vor nicht bekannt ist, mitgeteilt wurde, dass sie doch nicht auf der Liste steht, haben sich ihre Pläne geändert. Sie meldete sich heute Morgen von einem uns bislang unbekannten Ort bei MUSHTAQ und berichtete von einem USB-Stick, den sie ohne das Wissen irgendeiner anderen Person besitze. Die darauf gespeicherten Daten würden Aufschluss geben über Zeit und Ort des diesjährigen Übertritts und womöglich sogar etwas über den Schleuser verraten. Aus Rache am Zirkel übermittelte sie uns die Daten unter der Bedingung, dass wir keine Nachforschungen über den Ort ihres Verbleibs anstellten. Wir versicherten ihr dies, wenngleich wir vermuten, dass sie sich auf eine der noch existierenden Südseeinseln zurückgezogen hat. Irgendwo dort ist sie schließlich auch geboren und aufgewachsen.

Da die Dokumente verschlüsselt waren, haben wir sie sofort an einige der bedeutendsten IT-Spezialisten in unseren und den Reihen unserer Partner weitergeleitet, die es in bemerkenswert kurzer Zeit geschafft haben, einen großen Teil der Daten zu dekodieren. Damit einhergehend bekamen wir endlich eine etwas genauere Vorstellung von den Lebensumständen, die innerhalb des Tiefseeimperiums herrschen und über die wir bislang zumeist nur Spekulationen hatten anstellen können. So wurden uns Informationen über die riesigen, wassersicheren Hallen zuteil, die man in der Tiefsee errichtet hat. In ihrem Inneren befinden sich die Siedlungen, Städte wie unsere, beschienen mit künstlichem Licht und beatmet von Maschinen, die aus dem die Siedlungen umgebenden Wasser den Sauerstoff herausfiltern. Zwischen den Siedlungen verkehren U-Boote, in denen die Bewohner hin und her pendeln können. Die Mineralien, die Jahr für Jahr zusammen mit den neuen Bewohnern in die Tiefe geschleust werden, dienen größtenteils der weiteren äußeren Stabilisierung der Hallen. Bausubstanz für die Gebäude im Inneren ist bereits in großen Vorräten vorhanden und wird nur noch in kleineren Mengen nach unten verschifft. Lebensmittel werden indes mittlerweile gar nicht mehr mitgeliefert. Hochmoderne Unterwassergewächshäuser, an die Bedingungen angepasste Fischzuchtfarmen und vereinzelt sogar Viehzuchtkomplexe ermöglichen es, dass die Tiefseebewohner – an die 100 000 sind es mittlerweile – in dieser Hinsicht bereits autark leben können.

Einem im Dienst der Organisation GAEAG stehenden Experten ist es schließlich gelungen, auch das letzte und voraussichtlich entscheidende Dokument zu entschlüsseln. Der vollständige Dekodierungsprozess wird seiner Aussage nach um Punkt 19 Uhr beendet sein, also in vier Minuten. Danach werden wir auch über den anstehenden Küstenlinienübertritt Bescheid wissen."

Die Leinwand erhellt sich wieder. Diesmal erscheint ein schwarzhaariger Mann mit Kopfhörern, der in einem engen Raum voller Bildschirme sitzt. Es ist Zander. Als er bemerkt, dass der Livestream begonnen hat, dreht er sich in Richtung Kamera und deutet ein Lächeln an.

„Hey, Leute", sagt er in seiner gewohnt unaufgeregten Art. „Ich teile einmal meinen Bildschirm, dann könnt ihr alles sehen, was ich auch sehe."

Zander drückt einige Tastenkombinationen, worauf nicht mehr er auf der Leinwand zu sehen ist, sondern ein geöffnetes Dokument. Unter der Überschrift „Küstenlinie – Übertritt Nr. 23" steht in grauen Kleinbuchstaben geschrieben: „Ladevorgang läuft. 91 Prozent abgeschlossen."

Gebannt starre ich auf die Leinwand, die uns anzeigt, wie der Ladeprozess weiter voranschreitet: „93 Prozent. 94 Prozent. 95 Prozent."

Mein Atem stockt, und neben mir streicht sich Liana mit vor Spannung geweiteten Pupillen den Schweiß von der Stirn. „97 Prozent. 98 Prozent. 99 Prozent."

Ein Raunen geht durch den Raum, als wir es alle gleichzeitig lesen: „100 Prozent. Vollständig geladen."

Nervös trete ich von einem Bein auf das andere, während ich ungeduldig ein sich drehendes Rädchen beobachte, welches die abschließende Datenverarbeitung ankündigt. Nach etwa 40 Sekunden wird schließlich ein kurzer, in verschnörkelten schwarzen Buchstaben geschriebener Text eingeblendet. Ich beginne zu lesen:

Am Montag, den 08. April 2052, werden um 12:00 Uhr Ortszeit die 4000 benachrichtigten Personen zur Tauchgondel kommen und die

Küstenlinie übertreten. Mit ihnen werden auch neue Materialien in die Tiefsee geliefert, siehe dazu Anlage 1.2.

Koordinaten der Tauchgondel: 12°15'N und 25°70'W
Schleuser: Frederik Blattner

Ich schlage die Hände vors Gesicht. Dann sacke ich fassungslos in mich zusammen.

19

Es ist der 8. April des Jahres 2052. Ein eiskalter Wind wirbelt durch die schwarzen Wellen des Atlantiks, auf die ich aus etwa 600 Metern Höhe durch ein Fernglas hinunterblicke. $12°15'$ N und $25°70'$ W sind die Koordinaten des Punktes, den wir anvisiert haben. Etwa zwei Dutzend Arrowplanes kreisen hier am Himmel, in einem davon befinde ich mich zusammen mit vier Leuten von MUSHTAQ. Neben mir sitzt Dilip, besser gesagt Majed, und blinzelt nervös.

„Dieser Einsatz ist der Höhepunkt meiner bisherigen Karriere", raunt er mir zu. „Der unumstrittene, aber leider auch der traurige Höhepunkt. Dass Frederik wirklich der Schleuser sein soll ... Das darf doch einfach nicht wahr sein."

Ich antworte nicht. Die letzten beiden Tage habe ich sehr viel über Frederik nachgedacht, habe erfolglos versucht, meine Enttäuschung zu verarbeiten, überlegt, ob ich womöglich schon seit Langem etwas übersehen haben könnte. Ab morgen werde ich mir mit Sicherheit wieder darüber den Kopf zerbrechen. Heute aber gilt es, alle Gedanken dieser Art abzuschütteln und den Fokus zu 100 Prozent auf den nun hoffentlich wirklich letzten Einsatz dieser Art zu richten.

Aufgrund meiner Erfahrung und meiner persönlichen Verbindung zum Schleuser, die womöglich noch eine entscheidende Rolle spielen könnte, wurde ich in die sich aus Vertretern von UCAFAC, MUSHTAQ, GAEAG und einigen weiteren Organisationen zusammensetzende Einsatzgruppe aufgenommen, die gebildet wurde, um die heutige Mission anzugehen. Die etwas weiter vorne fliegenden Arrowplanes werden später auf Kommando zur Tauchgondel hinabfliegen, ihre Insassen sollen den geplanten Küstenlinienübertritt verhindern. Die hinteren Arrowplanes, also auch das, in dem ich sitze, bilden hingegen die Überwachungsabteilung. Wir werden nicht direkt am Zugriff beteiligt sein, sondern den Einsatz von hier oben aus koordinieren und den Luftraum auf mögliche Gefahren hin inspizieren.

Um 11.30 Uhr kommt die Tauchgondel an die Wasseroberfläche. Sie hat ein Volumen von fast einem halben Kubikkilometer und besitzt ein riesiges Oberdeck, von dem aus man durch rechteckige Glastüren ins Innere gelangen kann. Die vorderen Arrowplanes sortieren sich für den bevorstehenden Zugriff. Gute 15 Minuten später gerät schließlich ein weißes Schiff in unser Blickfeld, das direkten Kurs auf die Tauchgondel nimmt. Als die ersten Passagiere das Schiff verlassen, um von dort aus auf das Oberdeck der Tauchgondel zu gelangen, ist es Zeit, zuzuschlagen. Auf Kommando donnern 17 Arrowplanes nach unten und mischen sich in die Szenerie.

„Dann mal los", nuschelt Majed neben mir.

Mittlerweile sind alle nach unten geflogenen Arrowplanes entweder auf dem Schiff oder auf der Tauchgondel gelandet. Die Insassen stürmen nach draußen und versuchen, die Passagiere zu überwältigen. Aufmerksam beobachte ich die Geschehnisse, als mir plötzlich auffällt, wie etwas abseits des Getümmels ein kleiner Hubschrauber über das Schiffsdeck rollt. Seine Propeller drehen sich mit zunehmender Heftigkeit, und kurze Zeit später hebt er ab. Begleitet von einem zweiten Arrowplane nehmen wir sofort die Verfolgung auf. Der Hubschrauber gewinnt an Höhe und peilt den Süden als Flugrichtung an. Unsere Maschinen sind aber bedeutend schneller und haben ihn bald eingeholt. Majed aktiviert sein Funkgerät, um sich mit der Besatzung des zweiten Arrowplanes in Verbindung zu setzen. Das Funksignal wird allerdings von außen gestört, nur ein Rauschen ist zunächst zu hören. Dann dringt plötzlich Frederiks Stimme an mein Ohr.

„An die Besatzung der beiden hier neben mir fliegenden Maschinen: Ich sitze im Hubschrauber, den Sie gerade umkreisen, und habe Sprengstoff an Bord. Wenn Sie sich mir weiter nähern, dann werde ich diesen Hubschrauber in die Luft jagen. Die Reichweite der Sprengladung dürfte dabei groß genug sein, um auch Ihre Maschinen in den Genuss dieses Spektakels kommen zu lassen und Ihrer aller Leben von einem Moment auf den anderen auszulöschen. Überlegen Sie sich ganz genau, was Sie tun, denn es gibt auch noch eine zweite Möglichkeit: Sie lassen mich entkommen. Ich weiß, dass sich Mr. Savio Brückenstein in Ihren Reihen befindet. Übergeben Sie ihn mir. Wenn Sie mich ziehen lassen, werde ich ihm nichts tun. Er wird sich heute noch von einem sicheren Ort aus wieder bei Ihnen melden. Ist das ein Deal?"

Majed will protestieren, doch ich nehme ihm das Funkgerät aus der Hand, bevor er etwas sagen kann.

„Ist gut, Frederik", sage ich. „Hör mir zu: Ich werde auf das Dach unseres Arrowplanes kommen, dort eine Leiter ausfahren und auf dieser dann einige Meter nach oben klettern. Von dort aus kannst du mit mich mit deinem Hubschrauber einsammeln. Verstanden?"

Majed stößt mich an: „Bist du verrückt geworden? Der Kerl will dich als Geisel nehmen."

„Vertraue mir, Majed. Er wird zu seinem Wort stehen, und zwar in beiden Fällen", antworte ich und klinge dabei hoffentlich zuversichtlicher, als ich es tatsächlich bin.

„Genau so wird es gemacht", kommt es als Antwort von Frederik zurück. „Und ich warne Sie: Wenn Sie mich doch verfolgen oder irgendjemand von Ihnen es wagt, auf meinen Hubschrauber zu schießen – ich werde hier alles in Rauch aufgehen lassen."

Ich betätige einen Schalter über mir und öffne den Notausgang. Dann stehe ich auf.

„Ich hoffe, du weißt, was tut tust", gibt Majed mir noch mit auf den Weg, während ich das Arrowplane verlasse, auf das Dach klettere, die Leiter ausfahre und wie angekündigt etwa zehn Meter nach oben steige. Die Maschine bleibt senkrecht in der Luft stehen, während Frederik sich mit seinem Hubschrauber nähert. Eine Seitentür springt auf, und mit einem großen Satz manövriere ich mich in den Hubschrauber hinein, wo Frederik mit starrer Miene neben mir am Steuer sitzt. Er spricht noch eine letzte Warnung in sein Funkgerät, dann schließt sich die Tür und wir beschleunigen.

Nun wendet Frederik sich mir zu: „Savio, mein Bester", grüßt er mit gespielter Freundlichkeit, während er zu mir herüberschielt.

Mir ist nicht nach Freundlichkeiten zumute, und ich gebe barsch zurück: „Sag, was du zu sagen hast, und dann lass mich hier raus, Frederik."

„Verstehe, verstehe", wehrt er ab und lenkt das Gespräch auf den Kern. „Ich habe dich hier zu mir kommen lassen, weil ich dir noch etwas zu sagen habe, Savio. Ich denke und hoffe nicht, dass wir uns noch einmal wiedersehen werden, daher möchte ich einfach, dass du mir zuhörst. Klar?"

„Gut", antworte ich. „Du hast meine Aufmerksamkeit."

Frederik vergewissert sich mit einem Rundumblick, dass uns wirklich niemand folgt, und während der Hubschrauber weiterhin an Geschwindigkeit zunimmt, fängt er an zu erzählen.

„Die Geschichte beginnt bereits vor 30 Jahren, Savio. Ich war zu jener Zeit 15 Jahre alt und besuchte eine Privatschule in Süddeutschland. Meine Eltern waren zwar arme Schlucker, doch aufgrund meiner außergewöhnlichen schulischen Leistungen hatte ich ein Stipendium für dieses Internat erhalten. Wie auch immer, jedenfalls kam an einem Tag Ende August 2022, also kurz nach dem Ende der Sommerferien, ein Student aus den Niederlanden an unsere Schule, um einen Vortrag über die Agenda 2030 zu halten. Die Agenda 2030, das war eine Reihe von auf internationaler Ebene formulierten Bestrebungen, die darauf abzielten, die globale Nachhaltigkeit auf ökologischer, ökonomischer und sozialer Ebene bis zum Jahr 2030 wesentlich zu verbessern.

Der Student, der diesen fesselnden Vortrag hielt, hieß Dennis Vanderduin. Ich war sehr beeindruckt von seinen Ausführungen und suchte ihn im Anschluss an den Vortrag persönlich auf, um noch mehr über das Thema zu erfahren. Ich stellte mich kurz vor und sagte dann, wie sehr mich die Idee hinter der Agenda 2030 überzeuge. Da brach er plötzlich in schallendes Gelächter aus. Er fragte, ob ich tatsächlich an die praktische Umsetzung all dieser Ziele glaubte, und als ich das bejahte, lachte er ein weiteres Mal. Er ließ sich über die Leichtgläubigkeit der Jugendlichen aus und meinte, wie wenig verwunderlich es da doch sei, dass die Politik den Menschen immer wieder das Blaue vom Himmel versprechen könne, ohne dass es jemand hinterfrage. Ich war etwas gekränkt und wollte mehr über die Hintergründe seiner Skepsis erfahren. Überrascht von meiner Beharrlichkeit, erzählte er mir dann schließlich von dem Verein, dem er seit einiger Zeit angehörte und der regelmäßig Informationsmessen in ganz Europa veranstaltete. Als eine dieser Messen einige Wochen später bei mir in der Nähe stattfand, ging ich aus Neugier einfach mal hin – mein erster Kontakt mit dem Zirkel. Die Messe, die in einer alten Lagerhalle stattfand, gefiel mir ausgesprochen gut. Alles war organisiert, strukturiert und sehr professionell, und es waren viele junge Leute unterwegs, die sich über Themen wie Nachhaltigkeit und Globalisierung austauschten. Auch Dennis traf ich dort. Er begrüßte mich herzlich und stellte mir einige der anwesenden Leute vor. Später erzählte er mir dann, dass der Verein ein paar Jahre zuvor von Menschen gegründet worden sei, die von all der Scheinheiligkeit und den falschen Versprechungen der Weltpolitik und der Weltwirtschaft nichts mehr hören wollten. Sie hätten erkannt, dass die Landmasse der Erde das Jahrhundert wohl nicht mehr überstehen würde, und es sich deswegen zur Aufgabe gemacht, nach Alternativen zu forschen. Wer dem Verein beitrete und ihn bei seinen Forschungen unterstütze, so Dennis, der habe gute Chancen, eines Tages ein Ticket für den Eintritt in die Zukunft zu erhalten, wie auch immer sie aussehen mochte.

Ich verstand nicht alles, was er mir da erzählte, doch es klang aufregend und dramatisch zugleich. Ab sofort besuchte ich regelmäßig Veranstaltungen dieser Art und merkte, wie wohl ich mich dort fühlte. Es war ein völlig anderes Klima als in der Schule, wo ich unter all den Reichenkindern stets ein Außenseiter war. Mit 16 Jahren trat ich dem Zirkel schließlich bei.

Welches Netzwerk hinter dem Zirkel steckte und wer die wirklich hohen Posten im Verein besetzte, wusste ich damals nicht. Mir wurde lediglich gesagt, dass der Zirkel eine eigene Agenda 2030 ausgerufen habe, was bedeutete, dass das Ziel bestand, im Jahr 2030 die ersten Mitglieder in ein Tiefseeimperium, an dessen Errichtung man mittlerweile mit Hochdruck zu arbeiten begonnen hatte, emigrieren zu lassen. Um einen solchen sogenannten Übertritt über die Küstenlinie bis dahin tatsächlich möglich zu machen, wurde in verschiedensten Teilen der Welt intensive Forschung betrieben. Ich arbeitete zunächst in kleineren Projekten mit, nahm etwa nach meinem Schulabschluss im Jahr 2025 regelmäßig an Experimenten teil, bei denen Verbindungen aus Wasser und verschiedenen Baumaterialien getestet wurden. Wir suchten uns unbekannte Gewässer und saugten dort das Wasser ab, um es anschließend mit verschiedensten Substanzen anzureichern. Damit sollten die Verhältnisse in der Tiefsee nachgestellt und die Standfestigkeit der potenziellen Baumaterialien geprüft werden.

Als 20-Jähriger übernahm ich dann zusammen mit Dennis die Leitung eines großangelegten Forschungsprojekts in Mitteldeutschland. Uns wurden, und daran glaubten wir sogar, Tickets für den ersten Übertritt über die Küstenlinie in Aussicht gestellt, sollten wir einen guten Job machen. In Vorbereitung auf das Projekt, das wir nun leiteten, war ein Berg sozusagen ausgehöhlt worden. Im Inneren wurden ab sofort weitere Experimente durchgeführt, bei denen wir die Dichte und Festigkeit unterschiedlicher Substanzen in Kombination mit Salz-, Süß- und Brackwasser unter unterschiedlichen Bedingungen erforschten. Nur wenige Tage nach Beginn dieser Tätigkeit kam es dann allerdings zu der folgenschweren Fahrlässigkeit, die unsere Zukunft ruinieren sollte.

Es war ein ruhiger Donnerstagmittag, die Maschinen hatten planmäßig ihre Arbeit aufgenommen. Dennis und ich bewachten zusammen die Anlage und hielten uns gerade im Innengebäude auf, als uns von unserer Warnapp ein Signal übermittelt wurde. An der äußeren Umzäunung habe es einen nicht legitimierten Kontakt gegeben. Erschrocken ließen wir alles stehen und liegen und stürmten nach draußen. In der Eile vergaßen wir dabei, das Eingangstor korrekt zu verschließen. Die App führte uns zu der Stelle, an der sie den Kontakt registriert hatte. Dort angekommen, sahen wir das Loch unter dem Zaun und atmeten auf – allem Anschein nach hatte hier lediglich ein Tier, vielleicht ein Wildschwein oder etwas Ähnliches, sein Unwesen getrieben. Erleichtert gingen wir wieder zurück in das Innengebäude, um in der Werkzeughalle nach Material zu suchen, mit dem sich der Boden unter dem Zaun wieder ebnen ließ. Als wir dann zurück nach draußen gehen wollten, warf ich beiläufig einen Blick auf die Überwachungskameras im Eingangsbereich und realisierte ungläubig, dass ein Junge sich Zutritt zum Innengebäude verschafft hatte. Wir machten kehrt und steuerten auf den Maschinenraum zu, wo Dennis den Eindringling kurzerhand mit einem Faustschlag niederstreckte.

Eigentlich wussten wir, dass es für das, was hier getan wurde, auf keinen Fall Zeugen geben durfte. Doch wir brachten es nicht fertig, einfach so einen Menschen umzubringen, schon gar nicht ein Kind. Also schafften wir den Jungen nach draußen und ließen ihn im Schnee liegen, wo er wohl wieder zu sich kam. Soweit ich weiß, hat nie jemand von den Experimenten erfahren, denen du auf die Spur gekommen bist. Weiß Gott, warum du deinen Mitmenschen diese Entdeckung verschwiegen hast. Für uns war dieses Ereignis jedenfalls der Wendepunkt. Überwachungskameras hatten aufgezeichnet, dass jemand Unbefugtes sich Zutritt zu den Anlagen verschafft hatte, wofür Dennis und mir die Verantwortung gegeben wurde. Der Zirkel bestrafte uns hart und sperrte uns auf Lebenszeit für den Übertritt über die Küstenlinie.

Stattdessen fand man neue Tätigkeitsfelder für uns und drohte mit dem Schlimmsten, sollten wir sie nicht gewissenhaft ausfüllen. Sie hatten uns in der Hand. Ich wurde zum Spion ausgebildet und habe mittlerweile an vier Botschaften und in diversen Nichtregierungsorganisationen als verdeckter Zirkel-Informant gearbeitet. Seit dem ersten Übertritt über die Küstenlinie, der tatsächlich im Sommer 2030 verwirklicht werden konnte, bin ich zudem Schleuser. Dennis wurde nach ganz unten degradiert und musste ab sofort immer dort die Drecksarbeit erledigen, wo sich sonst niemand zuständig fühlte.

Als er an einem ganz normalen Arbeitstag vor etwa zweieinhalb Jahren in einem Archiv in Mitteldeutschland unterwegs war, stieß Dennis zufällig auf ein altes Foto von dir. Er erkannte den Jungen, der schuld war an unserem Schicksal, sofort wieder, und er fand heraus, dass dieser Junge den Namen Savio Brückenstein trug. Als er mir davon erzählte, hielt ich das zunächst für einen Scherz. Savio Brückenstein, mein langjähriger Freund und Begleiter, der an der deutschen Botschaft in Osttimor solch einen nachhaltigen Eindruck bei mir hinterlassen hatte – er sollte es gewesen sein, der damals in die Anlagen eingedrungen war? Was konnte das für ein Zufall sein?

Ich verspürte auf einmal eine riesige Wut auf dich, und ich sagte mir, dass wir das, was wir uns damals nicht getraut hatten, nun nachholen mussten. Ich rekrutierte dich für die Arbeit bei GAEAG, wo du dich noch einmal für mich nützlich machen konntest. Ohne es zu wissen, hast du mir nämlich in den letzten zwei Jahren im Rahmen all deiner Recherchen nicht nur wertvolle Informationen für unseren offiziellen Einsatz beschafft, sondern mich gleichzeitig mit Leuten aus den Reihen von Igre.Change vernetzt, Leuten, die ihre eigenen Pläne verfolgten und mir halfen, meine Loslösung vom Zirkel vorzubereiten. Als du das Projekt nun verlassen wolltest, war es Zeit, die Rache zu vollenden. Die Überdosis an Zolpidem, dafür warst nicht du verantwortlich: Ich habe sie dir untergemischt. Und der angebliche Bieschforte, mit dem du unterwegs warst – das war in Wirklichkeit Dennis. Was der mit dir vorhatte, nachdem er dich in sein Auto gelotst hatte, darfst du dir selber ausmalen. Bedauerlicherweise bist du dem Tod zweimal von der Schippe gesprungen. Bei meinem Zolpidem-Anschlag wählte ich eine zu geringe Dosis, wodurch du überlebtest. Und als Dennis dich dann erledigen wollte, gelang es UCAFAC und MUSHTAQ so gerade noch, dich zu retten.

Der Zirkel steht nach den heutigen Ereignissen vor brenzligen Zeiten. Mir kann das jedoch egal sein, ich mache mich nun aus dem Staub. Den Rest meines Lebens möchte ich frei sein vom Zirkel und von Botschaften und von generell allem, was mein

Dasein für so lange Zeit bestimmt hat. Und was dich betrifft: Wir hatten unsere Chance, Rache zu nehmen. Heute halte ich das Versprechen, das ich deinen Freunden gegeben habe, und lasse dich am Leben. Mach dich bitte bereit für den Absprung."

Frederik verlangsamt die Geschwindigkeit des Hubschraubers, und von der Decke segelt ein Fallschirmapparat auf mich herunter.

„Aufschnallen", befiehlt Frederik, und ich folge der Anweisung.

Wenige Minuten später öffnet sich die Tür zu meiner Rechten, und ein heftiger Stoß befördert mich nach draußen.

„Leb wohl, Savio", ruft Frederik mir noch hinterher, während ich im freien Fall nach unten rase. Etwa 50 Meter über der Oberfläche öffnet sich der Fallschirm, und gemächlich gleite ich auf die Erde hinunter. Sanft lande ich auf einem langen Strand. Feiner, ockerfarbener Sand ist zu sehen, dazu türkisblaues Wasser und eine einsame Palme, dort, wo Land und Meer aufeinandertreffen.

20

Zwei Monate später

Ich sitze auf unserer kleinen Terrasse und blicke in den Nachmittagshimmel von Abuja. Keine Wolke ist zu sehen, und es herrscht bereits seit Anfang der Woche eine außergewöhnlich starke und vor allem trockene Hitze, was mitten in der Regenzeit keineswegs normal ist. Die Terrassentür wird geöffnet, und Laelia kommt nach draußen. Sie trägt ein kleines Tablett mit kalten Getränken in den Händen und stellt es vor mir auf dem Holztisch ab.

„Hast du schon mit deinen Eltern telefoniert?", fragt sie, während sie auf dem Stuhl mir gegenüber Platz nimmt.

Ich nicke: „Habe ich, es sollte alles klappen. Auch meine Geschwister sind mit ihren Familien dabei. Wie sieht es bei deinen Leuten aus?"

„Die Schwestern inklusive ihrer Angehörigen kommen auf jeden Fall", antwortet Laelia. „Meine Eltern sind sich hingegen noch nicht zu 100 Prozent sicher, ob sie die Reisestrapazen auf sich nehmen wollen."

„Klar wollen sie das." Numana taucht hinter dem großen Mangobaum in der Mitte unseres kleinen Gartens auf und kommt auf die Terrasse gelaufen. „Lasst mich mal mit ihnen reden."

Lächelnd wuschelt Laelia ihr durch die Haare. „Gute Idee. Also, das nächste Gespräch mit meinen Eltern übernimmt Numana, dann können wir auch die beiden mit einplanen."

Zufrieden lehne ich mich zurück. Wenn alles glatt läuft, wird also in gut drei Wochen die ganze Familie für 14 Tage zu Besuch kommen. Den Weg hierher werden alle auf ganz besondere Art und Weise zurücklegen, nämlich als Passagiere eines neu entwickelten, vollständig klimaneutralen Flugzeugtyps. In einem langen und aufwendigen Prozess wurde an seiner Fertigstellung gearbeitet, doch nun ist er vollständig entwickelt und soll bereits im nächsten Jahr von verschiedenen Airlines für den regulären Personentransport genutzt werden können. In diesem Jahr finden erste Einweihungsflüge statt, die Tickets gehen hauptsächlich an Organisationen, deren besondere Verdienste in der Arbeit für ökologische Nachhaltigkeit gewürdigt werden sollen. Auch WATER hat einige dieser Tickets erhalten. Mrs. Mendy, meine Chefin, war sehr großzügig und hat 20 Karten für Flüge von Frankfurt nach Abuja und zurück an mich weitergegeben. Somit konnte ich all die Verwandten einladen, hier bei uns endlich das große Familientreffen nachzuholen.

Letzte Woche habe ich mich mit Zander, Magalhäes und Majed zu einem Videomeeting verabredet. Wir sprachen über die lange gemeinsame Zeit und über unsere Zukunftspläne. Die drei werden voraussichtlich noch für eine Weile in Deutschland bleiben, wo Zander und Magalhäes weiterhin unter der Führung Mrs. Levadas für GAEAG tätig sind, während Majed seine Arbeit bei MUSHTAQ fortsetzt.

Mrs. Osman und Liana haben Deutschland im Gegensatz zu Amani, die dort ihr Studium weiterführt, mittlerweile verlassen und sind im Auftrag von UCAFAC international unterwegs. Die Auseinandersetzung mit dem Zirkel hat erst begonnen und wird mit Sicherheit noch an Brisanz zunehmen.

Was meine Bekannten eint, ist der weiterhin bestehende Glaube an eine Zukunft unseres Planeten. Es ist noch ein langer Weg, das ist klar, und vielleicht werden wir es auch nicht mehr rechtzeitig schaffen, die Kurve zu kriegen. Die Folgen des Klimawandels dramatisieren sich in immer schnellerem Tempo, und an vielen Orten bekämpfen sich die Menschen immer noch gegenseitig, anstatt sich im Sinne einer gemeinsamen Zukunft zusammenzutun. Oder sie versuchen, unbemerkt zu entkommen ...

Es ist aber noch viel zu früh, um aufzugeben, schließlich gibt es auch genügend Beispiele, die Hoffnung machen, die zeigen, wie friedliche und nachhaltige Zusammenarbeit funktionieren kann. Wie die Menschen über ihren Schatten springen und sich für ein gemeinsames Ziel zusammenraufen. Wie sie sich ihre Fehler eingestehen und bereit sind, aus ihnen zu lernen. Denn fahrlässig ist nicht der, der einen Fehler begeht, sondern jener, der ihn zweimal begeht.

Ich besinne mich wieder auf die Gegenwart, in der ich hier auf meiner kleinen Terrasse sitze, den Blick abwechselnd auf meine Frau und meine Tochter gerichtet, wie sie da so friedlich nebeneinandersitzen. Und ich spüre eine wohlige Zuversicht in mir aufsteigen. Es ist noch nichts verloren.

AUTOREN A HEART FOR AUTHORS A L'ÉCOUTE DES AUTEURS MIA KAPΔIA ΓIA ΣΥΓΓ...
...ΡΙΝ FÖRFATTARE UN CORAZÓN POR LOS AUTORES YAZARLARIMIZA GÖNÜL VERELIM SZÍV...
...RPORI ET HJERTE FOR FORFATTERE EEN HART VOOR SCHRIJVERS TEMOS OS AUTOR...
...SERCE DLA AUTORÓW EIN HERZ FÜR AUTOREN A HEART FOR AUTHORS A L'ÉCOU...
...POCEV ДУШОЙ К АВТОРАМ ETT HJÄRTA FÖR FÖRFATTARE A LA ESCUCHA DE LOS AUTOR...
...MA ΓΙΑ ΣΥΓΓΡΑΦΕΙΣ UN CUORE PER AUTORI ET HJERTE FOR FORFATTERE EEN H...
...ERZOINKÉRT SERCE DLA AUTORÓW EIN HERZ FÜR...
...ORAÇÃO ВСЕЙ ДУШОЙ К АВТОРАМ ETT HJÄRTA FÖR

Der Autor

Yannic Aimé Harsdorf wurde 2003 im westmecklenburgischen Hagenow geboren und wuchs in der nahe gelegenen Kleinstadt Wittenburg auf. Seine Begeisterung für die Schriftstellerei entdeckte er bereits früh im Deutschunterricht. Nach dem Abitur im Jahr 2022 verbrachte er zehn Monate in Portugal, wo er einen Freiwilligendienst auf der Insel Madeira und ein Praktikum im Südosten des Festlandes absolvierte. Während dieser Zeit begann er auch mit der Arbeit an seinem Debütroman „Küstenlinie". Im Oktober 2023 nahm er ein Studium der Internationalen Beziehungen an der Technischen Universität Dresden auf. Der junge Autor hat viele Hobbys, darunter Fußball, Futsal und Journalismus. Das Reisen zählt ebenso zu seinen Leidenschaften wie die Musik. Unter dem Pseudonym NIC AIMVIL produziert und veröffentlicht er Tracks aus den Bereichen House und Trance.

Der Verlag

Wer aufhört besser zu werden, hat aufgehört gut zu sein!

Basierend auf diesem Motto ist es dem novum Verlag ein Anliegen, neue Manuskripte aufzuspüren, zu veröffentlichen und deren Autoren langfristig zu fördern. Mittlerweile gilt der 1997 gegründete und mehrfach prämierte Verlag als Spezialist für Neuautoren in Deutschland, Österreich und der Schweiz.

Für jedes neue Manuskript wird innerhalb weniger Wochen eine kostenfreie, unverbindliche Lektorats-Prüfung erstellt.

Weitere Informationen zum Verlag und seinen Büchern finden Sie im Internet unter:

www.novumverlag.com